Freak the Mighty

住在我背上的好朋友

[美]罗德曼·菲尔布里克 著 陈赢 译

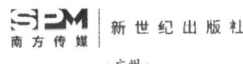 新世纪出版社
·广州·

图书在版编目（CIP）数据

住在我背上的好朋友 / (美) 罗德曼·菲尔布里克著；陈赢译. -- 广州：新世纪出版社, 2024.8. -- ISBN 978-7-5583-4407-7

Ⅰ. I712.84

中国国家版本馆 CIP 数据核字第 2024X6N020 号

广东省版权局著作权合同登记号　图字：19-2024-075 号

Copyright © 1993 by Rodman Philbrick.
All rights reserved.
Published by arrangement with Scholastic Inc., 557 Broadway, New York, NY 10012, USA.

出　版　人：陈少波
责任编辑：耿　芸
责任校对：陈姣姣
责任技编：王　维
封面设计：王雪纯

住在我背上的好朋友
ZHUZAI WO BEI SHANG DE HAO PENGYOU
[美] 罗德曼·菲尔布里克　著　陈赢　译

出版发行：新世纪出版社（广州市越秀区大沙头四马路 12 号 2 号楼）
经　　销：全国新华书店
印　　刷：三河市中晟雅豪印务有限公司
开　　本：880 mm×1230 mm　1/32
印　　张：7.125
字　　数：114 千
版　　次：2024 年 8 月第 1 版
印　　次：2024 年 8 月第 1 次印刷
定　　价：35.00 元

版权所有，侵权必究。
如发现图书质量问题，可联系调换。
质量监督电话：020-83797655
购书咨询电话：010-65541379

目录

1. 不败的真相 _001
2. 走出地下室 _006
3. "美国飞鸟" _011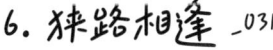
4. 慌张的佳人格温 _016
5. 如出一辙 _023

6. 狭路相逢 _031
7. 行走江湖 _038
8. 恐龙的脑子 _046
9. 生活本就危险 _054
10. 比老鼠更糟糕 _061

11. 落难少女 _072

12. 杀手凯恩，杀手凯恩，生了个孩子叫笨笨! _083

13. 美式大杂烩 _092

14. 对天发誓 _102

15. 是谁从烟囱里进来了 _108

16. 他的翻版 _116

17. 以神的名义 _125

18. 警察找上门 _133

19. 黑暗地下室 _141

20. 大显身手 _148

21. 自然界的异类 _156

22. 记忆只是头脑的发明 _162

23. 空白的书 _168

24. 踢腿大王回来了 _174

25. 再遇洛雷塔 _180

聆听孩子们的声音：给小读者的回信 _184

活着就是一次冒险，写作也是！_213

1. 不败的真相

我一向没什么头脑，直到怪物凯文来了，才把头脑借了我一阵。这是真事，千真万确。用凯文的话说，这叫"不败的真理"。之后很长一段时间里，负责讲话的人都是凯文。在我们组队之前，我当然也能表达意见——用拳头和脚。之后的日子里，我们组成"怪物骑士"，一同屠龙除恶，行走江湖。

我一度被封为"踢腿大王"，那是在日托班的时候，也就是姥姥和姥爷接手照顾我的那年。谁敢碰我，我就踢谁，因为大家总想给我一个拥抱，好像这是专门治我的灵丹妙药似的。

姥姥和姥爷，是我妈妈的家人，也就是她的父母。他们费尽心思，差点儿脑袋短路（老天保佑！），才想出这个法子来：要不还是把这小东西放进同龄人堆里吧，说不定他的脾气能变好点儿。

哟，我看行！才怪！！我发明了一连串踢腿游戏，比如踢膝盖、踢脸蛋，踢老师、踢日托班的其他小东西，踢踢踢！因为我知道，那些拥抱全是骗人的烂把戏。嗯哼，我懂。

就在那个全是假惺惺的拥抱的一年里，我第一次见到了怪物凯文。他看上去跟大家没多大不同，毕竟嘛，那时我们都是小不点儿。可他不是每天都来游乐室跟我们一起玩，只是偶尔来一下。他看着有点儿凶巴巴的，这是我对他的印象。不过，后来怪物凯文亲自告诉我，记忆只是头脑的伟大发明，只要足够努力，你就能记住任何事，不管它有没有真实发生过。

这么说来，也许他并不是真的那么凶，但我可以肯定的是，有一次他确实用拐棍揍过日托班的另一个小孩，可把那个捣蛋鬼海扁了一顿。不知为什么，本"踢腿大王"当年从没踢过怪物凯文。

大概是他那副拐棍让我收住了腿吧，要知道，他的拐棍真的是太酷啦！连我都想要一副。有一天，怪物凯文来了，他弯曲的双腿上各绑着一根闪亮的金属支架，还有金属管支撑着他的屁股。哇，比拐棍还要酷！

"我是机器人。"他一边绕着操场挪动步子，一边模仿机器人发出奇怪的声音。嗡……嗡……嗡……好像他腿里装有机器人的马达，发出嗡嗡嗡的轰鸣声。他还摆出一副表情，好像在说，别惹我，老伙计，我腿上的支架里藏着激光炮，能在你身上打出洞来。毫无疑问，怪物凯文在那时就迷上了机器人，这个只有60厘米高的小家伙已经知道自己想要什么了。

之后有很长一段时间，我都没见过他，他再也没来上过日托班。接下来我记得的事情就是，大概在三年级，我瞥见一个金发小孩坐在一辆残障人士专用车里，死死地盯着我。天哪，像激光炮一样的凝视，我立刻想起来，嘿，是他，机器人男孩！我惊呆了，因为我早把他给忘了，日托班的日子已经被我抛到脑后，很久都没人叫我"踢腿大王"了。

他们管我叫"疯狂麦克斯[1]"，学习障碍班的一个蠢蛋

---

[1] 一种化妆品品牌。——全书均为译者注

竟然叫我"超大卫生巾",被我教训了一番才闭嘴。姥姥和姥爷总是喊我"麦克斯韦尔",这才是我的真名,可有时我特别讨厌这个名字。麦克斯韦尔——哕。

有一天晚饭后,姥爷在厨房悄悄地问姥姥:"发现没,麦克斯韦尔越长越像他了呀?"这是姥爷提及我父亲的一贯方式,这个男人娶了他已故的女儿,并生下了这么一个,唉——麦克斯韦尔。姥爷从来不提父亲的名字,只说"他",好像他的名字说出来能吓死人似的。

"麦克斯韦尔不只是模样像他,"姥爷那晚在厨房里说,"这孩子的性子也随他,咱们最好留心点儿,谁知道他会趁我们睡觉时干出啥事儿来,就像他爹那样。"姥姥立刻让姥爷小声点儿,叫他别再说这种话,还说"孩子小,耳朵大"。听到这句话,我立刻跑到镜子前检查,是不是因为耳朵大,他们才觉得我像他。

真是个大傻瓜,对吧?

好吧,我承认我的确很傻,就像我之前说的,在怪物凯文搬到这条街以前,我一直都没什么头脑。八年级开学前的夏天,应该是吧?那年夏天,我的个头疯长,姥爷说,要不让这孩子光脚得了,鞋子都快被他撑破了。那个夏天,我就光着脚,摔了好多个跟头。也是在那时候,机器人男孩和他妈妈搬进了街尾的双层公寓里。他的头发是浅金色的,眼神很犀利,他的妈妈有一头漂亮的棕发,名字叫"佳人格温"。

也只有我这个走路总摔跟头的傻瓜才会把"佳人格温"当成真名,是吧?

我说过,我没头脑。

各位还在听吗?你们还不知道我们是怎么成为"怪物骑士"的吧?就算听着像自夸,我也得说,那可叫一个酷啊!

2. 走出地下室

　　那年夏天，对，当时我还住在地下室，姥爷专门给我弄了一个小房间，那是属于我自己的小地盘。说是小房间，其实吧，就是拿便宜的木镶板糊起来的，这些烂糟糟的板子糊在地下室的水泥墙壁上，鼓起一个个大包，像波浪似的；还有地毯，闻着就跟退潮后的海滩一样臭烘烘的。可是我抱怨过吗？才没有呢。我挺喜欢的，待在那里自由自在，不用担心姥姥的脑袋会突然从门缝里探进来："麦克斯韦尔，亲爱的，你在干什么呢？"

　　其实我也没干什么。姥爷总觉得我现在这年纪挺危险的，他们得时刻盯着我。好像我能造出一个炸弹，放个火似的，或者拿着皮实的弹弓追打街坊邻居的猫狗什么的——可问题是，我根本就没有弹弓呀！姥爷小的时候倒是有一把。证据就在家庭相册里头，照片里的姥爷还是个小不点儿，没长出门牙，咧嘴冲着相机笑，手里还拿着把土得掉渣的弹弓。估计那老古董能用来打猛犸象呢。

"那什么，我只打该打的目标。"姥爷边说边合上相册，话题就此打住。他的样子就好像在说："哎哟，危险！可不能让他知道我玩过这玩意儿，免得这小子动什么歪脑筋。"

我哪有什么歪脑筋？我的脑袋是空的。我只是个躲在地下室，流着口水，一头钻进漫画书堆里的小东西。哎，其实我从来不流口水，你们明白我的意思就行。

总之，那是7月的头一天，我已经开始数日子，盼着7月4日国庆节[1]快点儿到来，寻思着上哪儿能弄到M80鞭炮。据说它有一根雷管的四分之一那么大的威力呢，炸起来能让你心脏停跳那么一微秒，砰！不过，这可能正是姥爷担心的，哎呀呀，麦克斯韦尔要扔炸药了。

我在地下室待烦了，就到后院溜达。其实所谓的后院就是一块用普通的铁丝网围起来的空地。姥爷在小棚子里

---

[1] 7月4日是美国国庆节。

放着一台破旧的割草机，可是院子里没有草，只有泥巴，有什么好割的呢？我就在那儿瞎转悠，恰好看到一辆搬家车。不是什么全国连锁的大搬家公司，就是个当地的小公司。穿着背心的大胡子搬运工浑身冒汗，吭哧吭哧地把东西搬进那半边双层公寓。自从去年圣诞节，住在里头的瘾君子被抓之后，那里就一直空着。

起初，我还以为是瘾君子刑满释放了，正搬回来呢。然后我就看到了佳人格温。当时我并不知道她叫什么，是后来才知道的。一开始，我只瞥见了她的身影，她在搬家车和前门之间来回走动，跟那些大胡子说着话。我心想，嘿，我认识她。转念又一想，别傻了，呆子，你怎么可能认识那么漂亮的女人。

因为她看起来就像电影明星，穿着一条旧牛仔裤和一件宽松的T恤衫，长发扎在脑后，可能还在滴汗，可就算这样，她还是和电影明星一样好看。仿佛有一盏神秘的聚光灯始终照耀着她，连她的眼睛也闪烁着光芒。

我心想，嘿，这下可提升我们老街区的档次了。你们是不是在想，哟，这家伙才刚上完七年级，小屁孩懂什么呢？我就是想说，佳人格温真的有明星风采，就算是个十足的傻瓜都能看出来。我觉得她眼熟的原因是，在那段黑暗的日子里，我肯定见过她带着怪物凯文去上日托班。果然，那个瘸着腿的金发小矮人出现了，他正趾高气扬地对着大胡子们发号施令。

他嚷嚷着："嘿，呆瓜！对，就是你，大胡子，小心点儿那箱子，里面装的可是电脑。你知道电脑是什么吗？"

真不敢相信！我偷偷摸摸地靠近，想一探究竟。那个小家伙长得很奇怪，他的头是正常人的大小，但他的身体比一把尺子还短，而且扭曲着，这让他站不直，胸骨凸得老高。他挥舞着一副拐棍，对着搬运工们大喊大叫。

"嘿，格温，"一个大胡子说，"你就不能给这孩子吃颗药吗？他快把我们逼疯了。"

于是格温从屋里出来，拨开垂下来的头发，露出了一双棕色的大眼睛。她说："凯文，去后院玩，好吗？"

"那我的电脑呢？"

"你的电脑没事的。别烦这些人了。他们很快就弄完了，然后我们吃午饭。"

这时候我就蹲在那儿，装作无所谓的样子，只是像我说的，那一年我的脚跟疯了似的，总是被各种东西绊倒。

人行道上的裂缝、蚂蚁、影子，随便什么都能把我绊倒。

然后那个奇怪的家伙突然转过身来，他看到了我，举起一根拐棍指着我的心脏，说："报上名来，地球人。"

我正忙着不让自己的脚被绊倒，根本没意识到他是在跟我说话。

"我说，报上名来，地球人，否则，后果自负。"

我心想，什么？我还没决定是告诉他我的真名，还是别的什么名字，因为我认出他来了，他是日托班那个奇怪的机器人男孩，也许他还记得我是"踢腿大王"。不管怎样，在我张嘴之前，他就在拐棍上扣动了个扳机，模仿着射击的声音，然后说："那就去死吧，地球人！"

我一句话也没说就溜了，因为我很肯定他是认真的。不光是他用拐棍指着我的样子，你得看看他当时的眼神。我的天，那个家伙真的讨厌我。

他希望我死。

3."美国飞鸟"

好了，溜到地下去，是的，溜回你的地下室去吧。亲爱的麦克斯韦尔，钻进你那昏暗的地洞里去吧。你这个傻大个儿，一天能长一寸的家伙，结果倒好，一个侏儒小孩，一个瘸腿的人形小怪物居然能吓着你。不是让人膝盖发软的害怕，而是那种让你惊掉下巴的感觉：哇！我不明白，我搞不懂，这到底是怎么回事儿？

比如，他叫我"地球人"。这就已经够奇怪的了，对吧？我说过我是有几个绰号，可在机器人男孩出现之前，从来没有人管我叫"地球人"。我躺在地下室的床垫上，忽然想到他说得没错。我的确是地球人，我们都是地球人，可谁会管对方叫"地球人"呢？没这个必要。就像在美国，一个美国人不会跑到另一个美国人跟前说："劳驾，你能告诉我最近的便利店怎么走吗，美国人？"

我躺在黑漆漆的地下室，琢磨起这件事，突然觉得地下室似乎越变越小，周围的墙壁仿佛在朝着我逼近。于是，我爬上通向后院的楼梯，找到一个地方冷静了一下，继续思考。

瞧见了吗？小怪物家的后边有棵光秃秃的树，就像地上插了一根棍子，上面挂了几根没精打采的树枝。我看见他了，和上日托班的时候相比，他的个头几乎没怎么长。小怪物站在那儿，朝那棵树挥舞着拐棍。

我半滑着挪到铁丝网围栏边上，这样可以看得更清楚。这家伙在干吗呢，揍那棵半死不活的树？他努力想跳起来，用拐棍去击打树枝，他看起来很生气，几乎要暴跳如雷了。不过他没能真跳起来，只是在原地做了个跳跃的动作，脚掌一次都没离开过地面。

随后，他丢下拐棍，手脚并用地爬回屋子。不知道的人，肯定以为他是个幼儿园的小朋友，一时忘了怎么走路。他的身形就有那么小。可他擅长爬行，爬起来比走路还快。转眼间，他就从台阶下拽出一辆小推车来。

那是一辆生锈的红色小推车，是"美国飞鸟"牌的老式模型。小怪物向后拽着车,一步一步地用力拖,直到把小推车挪到树下。接着,他捡起拐棍,爬进小推车里站了起来,然后又开始使劲抽打那棵树。

到这时我才明白过来,树枝上卡着什么东西,他想把它弄下来。那是个颜色鲜艳的小东西,看起来像是一张纸片。不管那是什么,他非常想要拿下来。可即使站在小推车上,他也够不着,完全够不着。

于是,我走到他家的后院,尽量不出声,可我不擅长蹑手蹑脚,尤其是我笨重的大脚丫子,它们完全不配合。他转过身来,把拐棍举得高高的,好像准备随时对着我的脑袋一阵痛击。

看得出来,他想说点儿什么,但他实在太生气了,气得浑身发抖,像小狗一样呼哧呼哧地喘气,感觉快要昏过去了。

我先挪到离拐棍远一点儿的地方,确保不会挨打。随后,我伸手把树枝上的东西摘了下来。原来那不是什么纸片,而是一只塑料小鸟,轻得像一片羽毛。我小心翼翼地捧着它,生怕它脆弱的塑料身体随时会被折断。

我问道:"你是想拿回这个吗?还是怎么着?"

小怪物瞪大眼睛看着我,说:"哦,这家伙会说话呢。"

我把这小玩意儿递给他,问:"这是什么?飞机模型之类的东西?"

你能看出他拿回塑料小鸟时特别开心,脸上的表情也不那么凶巴巴了。他在小推车里坐下,说:"这是一架扑翼机。扑翼机是指由拍动的机翼驱动的实验装置。你也可以说,扑翼机就是机械鸟的高级用词。"

这就是他说话的方式,每个词都像是从词典里蹦出来的。他居然那么聪明,简直难以相信!他一边说话,一边给小玩意儿上发条,它里头有根橡皮筋。接着他说:"看好了,地球人,给你一个大惊喜。"随后,他松开了手。你猜怎么着?我真的惊呆了,因为那玩意儿真的像小鸟一样飞了起来,上下左右地扑棱着翅膀,飞得比我能够得着的地方还高。

我追着它跑起来,直到它撞到那棵枯树干上,然后我把它拿下来给他,他又上了发条,让它飞起来。我们就这么玩,差不多玩了一个小时,直到橡皮筋断了。我以为扑翼机的好日子到头了,但他说了点儿什么,类似"所有机械物体都需要定期维护。等佳人格温找到替换配件,我们就会尽快安装新的驱动装置。"

虽然不太明白他的意思,我还是说了句:"挺酷的。"

"你住在附近吗,地球人?"

"就在那边。"我指了指对面的房子,"在地下室。"

"什么?"他惊讶地问。

与其费劲跟他解释姥姥、姥爷还有地下室的房间,不如我直接带他去参观一下好了。于是我抓起"美国飞鸟"牌小推车的把手,把他拉了过去。

这对我来说不费什么劲儿,他没什么重量。我记得回头看的时候,他坐在小推车里高兴得合不拢嘴,看上去他是真的乐在其中,也不觉得我用车拉着他有什么不好意思的。

但就像怪物凯文后来在这本书里说的那样,你可以记住任何事,不管它有没有真实发生过。可有一件事是千真万确的——他从没拿拐棍打过我。

4. 慌张的佳人格温

怪物凯文在我房间里待了不到十分钟,就开始跟我说起佳人格温。他自己能弓着腰下楼梯,只是会累得气喘吁吁,就像大热天里的小狗一样呼哧呼哧地喘粗气。他进了我的房间,我关上了楼梯门。

"真酷!"他说,"就你一个人住在这里吗?"

"吃饭的时候,我会到楼上,跟姥姥、姥爷一起吃。"

怪物凯文挪到床尾,靠在一个枕头上,让自己坐得舒服些。房间里很昏暗,外头的光线只能从地下室的一扇小窗户里照进来,刚好照在他身上,他的眼睛里也闪着光。

"'姥姥'一定是你的外婆,"他说,"至于'姥爷',我猜,是你给你外公的别称,因为他不苟言笑,所以是'大老爷'。"

我一脸不解："啊？"

怪物凯文咧嘴笑起来，顺手把金发往后捋了一把，说："请原谅我的用词。'别称'的意思就是昵称，'不苟言笑'是用来形容一个人的表情很严肃。我这是在推测，你管你的外公叫'姥爷'是因为他看起来像'大老爷'一样严肃。'推测'的意思是——"

"这我知道。"我接口说，其实我并不知道，但我能猜出几分意思来。

"那么，你为什么叫你妈妈'佳人格温'，那也是个昵称吗？"

怪物凯文摇摇头。看得出来，他在憋住笑，尽量不让自己笑出声来。过了一会儿，他缓过气来说："格温娜维尔，就是《亚瑟王传》里的佳人格温娜维尔。你知道亚瑟王吗？"

我耸耸肩，我倒是知道姥姥用的面粉牌子叫"亚瑟王"。可我要真这么说，不就成了个大傻子吗？

他接着说："我妈妈的名字叫格温，所以有时我就称她为'佳人格温娜维尔'，或者'佳人格温'。亚瑟王是英格兰的第一位国王，那是很久很久以前，世上还有恶龙和怪兽。亚瑟是个孤儿，看起来很文弱。传说世上有一把魔剑，插在一块巨石里，谁能把剑从石头里拔出来，谁就能接替死去的老国王，成为新国王。一群壮汉纷纷从四面八方跑来拔剑，无奈谁也动不了它。有一天，这个文弱的男孩趁人不注意，也去试了一下，没想到，那把剑就像是插在黄油里一样，轻轻一拔就滑了出来。"

"所以，这个小男孩成了新国王？"

怪物凯文点点头，他真的很喜欢这个故事，双手在空中比画着各种形状。这是我第一次真正地听怪物凯文讲话，我马上就听入迷了，因为他讲话的时候，你的视线根本没法从他身上挪开。他边讲边做手势，就好像亲眼见证了亚瑟王的传奇一样。

"亚瑟的魔法剑叫'圣剑'。美丽佳人格温娜维尔后来成了他的王后。那时候人们用'佳人'这个词来形容美丽的女子。后来，亚瑟不想在王宫里无所事事，就邀请了英格兰所有的骑士住进他的城堡。他们围着一张圆桌用餐，人称'圆桌骑士'。亚瑟王时常会派他们去执行特别的秘密任务，在古时候，这被称为'探险'。他们必须屠龙除恶，打败邪恶骑士。我猜你知道骑士在战斗时穿什么吧？"

我虽然知道答案，可更想听怪物凯文讲下去，就说："快告诉我，穿什么？"我一下子明白了，他为什么对老掉牙的古老骑士故事那么感兴趣。

怪物凯文的兴致一下子高涨起来，神采飞扬地说："骑士就是第一代真人版机器人。他们穿着金属盔甲来保护自己，战无不胜。等我把东西都整理好，就给你看照片。真的很神奇，在几百年前电脑还没出现的时候，他们就已经在尝试突破人类身体的极限了。"

我又似懂非懂地说："啊？"

怪物凯文咯咯咯地笑了起来，好像我的反应在他的意料之中。

他解释道："人类身体是有极限的，就比如我们的身体不能挡住子弹，我们不能空手捏碎大石头，碰到热炉子，皮肤会被烫伤。亚瑟王想要提高骑士们的作战能力，于是就给他们穿戴上盔甲。然后，他向骑士们发出指令，让他们去执行任务，探险屠龙等，这有点儿像现代人用电脑给机器人编写任务程序一样。"

我说："我还以为，真正的机器人只出现在电影里呢。"

我的天，这话让他的眼睛快冒出火来，简直是两道射向我的激光！他气得就差鼻子冒烟，几乎说不出话来。

等情绪平复下来后，他对我说："我想，我得对你的无知宽容一些。关于机器人的事，你掌握的信息显然有误。机器人不只存在于电影里。机器人技术，也就是设计和制造功能性机器人的科学，创造出一个巨大的产业。现在已经有数千种机器人被投入使用，应该说，数量上已达百万级别。它们当然不像你在电影里看到的机器人那样，因为它们是根据功能来设计的。许多机器人设备实际上是精密的流水线装配组件，用来组装汽车、卡车和电脑等。比如，航天飞机就有一个机器人手臂。"

"对，"我说，"我在电视上看过那个。"

怪物凯文叹了口气，翻了个白眼。"啊，是的，"他说，"电视，大众的精神鸦片。"

"啊？"这大概是我第十一次发出这样惊讶的声音。

"鸦片，一种毒品，"他说，"大众，意思是一群人加在一起的总和。所以电视就是一群人的毒品，大众的精神鸦片。"

"你没有电视吗？"

"当然有啦，"他说，"要不然，我怎么可能看过《星际迷航》？实际上，我看了很多电视节目，但我也读了很多书，这样我才能分辨哪些是真的，哪些是假的，这可不是件容易的事情。分辨真相需要读书，就像人类需要血清一样——如果不读书，你就分不清什么是真相。"

这次我没有再说"啊？"，因为那样的话，我可能还得跟他解释我是个有学习障碍的家伙，读书是我最不想做的事情。让我读书，不如让我用割草机修脚指甲、用钉子漱口、吃蚯蚓当早饭。当然，估计怪物凯文已经猜出我有学习障碍了，因为他已经参观完我的房间，应该看出来我这儿不是什么图书馆，书少得可怜。

"我会借你几本书。"他说。

"酷！"我答道，好像这正是我期待的，又一次证明我是个大傻瓜。

这时，我们俩同时听到有个声音传来，是在叫凯文的名字，听上去很担心他。

"是佳人格温，"他说，"我得赶紧走了。"

我打开楼梯门，凯文的妈妈就在后院，正盯着那辆红色小推车看。她见到我从地下室上来，就像是突然中弹了一样，又惊又怕。"凯文在哪儿？"她说道，"我在找一个小男孩。"

怪物凯文气喘吁吁地从地下室爬出来，佳人格温一把抱住他，放进小推车里。我发誓，她几乎是一路小跑着回家的，好像她要是不加速离开这儿，就会发生什么可怕的事情一样。怪物凯文坐在小推车里，他努力回头看我，做出耸肩的动作，示意我，他不明白佳人格温是怎么回事。可我知道是怎么回事。

原因其实很简单。她怕我。

5. 如出一辙

有一个地方,它只出现在我的脑海里,有时我会神游过去。那儿既凉爽又昏暗,你就像一朵云一样飘浮着——不,你就是云朵,刮大风时在天上飘的那种云,它们的形状一直在变,而你却看不到变化的过程。它们就这么悄悄地从一个样子变成另一个样子,等你忽然回过神来,云朵已经从一只大胖手变成了一只棒球手套,或者一台软乎乎的大电视机。就是这种感觉。

总之,佳人格温慌慌张张地跑掉之后,我就去脑袋里的那个地方待了一会儿。她当时的表情好像在说:"这家伙对我可怜的孩子做了什么,是要把他装进小推车里拐走?"

我钻到床底平躺下来,那里黑漆漆的,连床垫都看不清楚。很快,我就开始神游了,有点儿像在天上飘,那个地方很空旷、很清凉，你不需要在意任何事情。你什么也不是，谁也不是，一切都变得无关紧要，你甚至都不在任何地方。时间静止了。

只是这次，我没法在那里待很久，因为姥姥在门外敲门："麦克斯韦尔？麦克斯，你在吗？请回答我，亲爱的，我有重要的事要和你说。"

好吧，好吧。我一寸一寸费劲地把身体挪出床底——那里能躺的空间越来越小了。我拍了拍身上的灰尘，打开了门。这门没有锁，但姥姥有个习惯，得等我允许才会进房间，不会随意闯进我的地盘，姥姥特别在意这一点。

"麦克斯韦尔。"她说着，便朝房间迈了一小步。你能从她脸上的表情看出来，其实她并不想进来，因为这儿黑乎乎、乱糟糟的，还散发着一股臭袜子的味道。

"麦克斯，亲爱的，很抱歉打扰你——你知道，我从来都不到这儿来的——可是，格温·艾弗里打电话来了，我觉得这事很重要。"

啊——哦！佳人格温给姥姥打电话，多半是告状来了，抱怨地下室住着一个多么可怕的巨兽。我屏住呼吸，等待着最糟的情况发生。

"她打电话来说她很抱歉。"姥姥说。

"啊?"

"我猜她是过来接她的儿子,对吗?你和凯文交朋友了?"

交朋友?傻瓜才有这个想法。可姥姥的神经很脆弱,我不想伤她的心,便说:"嗯,我猜是这样。"

姥姥很不自在,她的眼睛紧张地在房间里扫了一遍,好像她正在翻越边境,踏入一片陌生的国土。顺便提一下,虽然姥姥是我的外祖母,但她看起来不像老婆婆,更像我妈妈的年纪,因为姥姥总是说,她在生我妈妈的时候,自己"也只是个孩子"。

"嗯——,我猜是因为格温没想到你能长这么大个儿,她觉得自己刚才的行为冒犯了你。是不是这么回事呀?"

"我猜是吧。你认识她?"

"是的,"姥姥说,"当年,格温和你妈妈是好朋友,她们俩差不多同时怀孕。后来,你和小凯文还去上了同一个日托班。你还记得吗?"

我耸了耸肩,因为我不想让姥姥知道我还记得过去的事情。

姥姥说:"格温特别想让我告诉你,麦克斯——她说她很高兴你和凯文能成为朋友。她用的就是'高兴'这个词。她还邀请你去吃晚饭。"

我脱口而出:"一定要去吗?"

姥姥把手轻轻地搭在我的肩膀上,就像一片羽毛那么轻。我能感觉到,她碰我的时候非常紧张,她仰头看我时也很不舒服,因为——不知道我有没有提起过——我比姥姥要高很多?我比姥爷还高,比大多数人都要高。不骗你,这是真的。

姥姥说:"她觉得那样对待你很糟糕,麦克斯韦尔,亲爱的,她想弥补。你可以不去,但如果能去就最好了。"

"没什么大不了的,"我说,"她只是掉头跑了而已。我想是我吓到她了。"

"不是你。"姥姥说。

"不是我?那是谁吓到她的?"

姥姥一下子说不出话来,好像很口渴似的,只能咽口水。

"我让格温自己说吧,"她说,"你知道,她是个了不起的年轻妈妈,一个人抚养那个可怜的小孩。"

"他不是什么可怜的小孩，"我说，"你应该听听他说话。我觉得，他的身体显得弱小，是因为他的头脑很强大。"

"是的，"姥姥说，"行吧，行吧。"

姥姥总是说"行吧，行吧"，好像这有什么特殊的意思一样，我猜对她来说是这样。总之，我同意跟怪物凯文还有他的妈妈一起吃晚饭，尽管一想起来我就紧张，就像胃里长出了一只手，而此刻，那只手正攥紧了拳头。

其实，那天的晚饭并没有我想的那么糟。佳人格温一见到我就对我笑，她在厨房里忙前忙后，说个不停，语速快得连标点符号都插不进去。

"所以苏珊哦对不起我是说你姥姥告诉你了吧你妈妈和我以前是好朋友一直到她结婚对不起我一直都受不了那个男人我总觉得他很疯狂还很吓人我可以这么说吗我这么说你不会生气吧？"

我费了一会儿工夫才听懂她说的话，然后我说："对，姥姥告诉我了。"至于她认识我爸爸，觉得他脑子有病的事情，我决定不发表任何评论，这是最好的。

"你小时候可爱极了，"格温说，"我还记得那时候，就像是发生在昨天一样。我们当时都住在廉租屋里,因为房租便宜,毕竟我们才刚开始工作赚钱。"

怪物凯文在找东西,他把身子探进用来装锅碗瓢盆的搬家纸箱里,整个人几乎都要钻进去了,只露出了小屁股,看起来很滑稽。你会以为他只有两岁,他的个头儿就是那么小,等你注意到他裤子里凸出来的腿部支架,才会发现他其实没那么小。

怪物凯文的声音从箱子里传出来:"嘿,格温,别烦这家伙了,好吗?你快成话痨了。"

"是吗?"格温回答。她在柜子旁翻抽屉,找勺子之类的东西。"我是想说,我们之前见面不太愉快,我很抱歉,因为,你知道……"

怪物凯文从箱子里探出头来,他咧开嘴,露出一个狡黠的笑容,好像在说他什么都知道:"她的意思是,你长得和你老爸如出一辙。"

"凯文,别说了。"格温的声音一下子低沉了下来,似乎非常尴尬。

"是啊,"我说,"大家都这么说。"

"是吗?"

我耸了耸肩。一个男孩长得像自己父亲是什么不得了的事吗？是的！只有纯粹的傻瓜才会这么想，因为如果你的父亲恰好在监狱，那当然是个大事。这在镇上人人皆知，我父亲为什么在那里，他做了什么，根本不是什么秘密，只是大家都装作守口如瓶的样子。我个子长得越大，越长得像我父亲，大家看见我就感觉越糟。

"你真的认识他吗？"我问，"我是说，他和我妈妈在一起的时候？"

"是的，但不熟。"格温说。她在找刀子划开一包热狗肠的包装袋。"自从他们结婚后，我就很少见到你妈妈了。他让你妈妈……很难交什么朋友。"

桌子上有一把刀，我拿起来递给佳人格温，她并没有害怕得往后退。我觉得她人挺好的，其实她真的挺酷。

"那么，"怪物凯文说，"我们什么时候吃饭？我的能量快耗尽啦！"

晚餐非常棒。佳人格温做了一道美味的土豆沙拉，里面加了香料和别的东西，比姥姥做的糊糊好吃多了。我们还吃了用平底锅煎的热狗，热狗面包烤得又香又脆，加了两种泡菜和三种芥末酱汁，还有切得很细的红洋葱，正合我胃口。

我们坐在后院,端着纸盘子吃饭。怪物凯文讲了一些关于机器人的故事,又新奇又滑稽,我笑得前仰后合,结果猛的一下噎住了,怪物凯文用力地抡起拳头捶我的后背。

"排出异物!"他喊道,"反刍啊,你这个大笨蛋!"接着他又捶了我一拳,我总算咳出了一团恶心的东西,可我还是止不住哈哈大笑,连鼻涕都流了出来。

好蠢呀,可实在太滑稽了,想到我拼命地从鼻子里喷出一小块热狗肠,我们俩都笑成了十足的傻瓜。

"真好,"格温看着凯文和我,说,"真高兴我们决定搬回来,我有种感觉,一切都会重新开始。"

该回家了,如果我没在天黑前回家,姥姥就会非常着急。所有一切看起来都很棒,正如格温说的。只是当我回到家爬上床躺下后,像是有什么东西砰的一声击中了心脏,我哇的一声哭了出来,哭得像个宝宝。与此同时,我体会到了一种特别奇怪的感觉——幸福的感觉。

6. 狭路相逢

7月4日，也就是美国国庆节，这一天大家都放假了，所有人都在疯狂庆祝。老爸们在户外烧烤，喝得醉醺醺的；老妈们大呼小叫，生怕她们的小宝贝玩鞭炮时把手指头炸伤；后院呢，都是疯跑嬉戏的小孩子。这一天好像可以无法无天似的，大家都蠢蠢欲动，你懂我的意思吧？就好像有人对你说，尽情享乐去吧，开心就好，管它会发生什么！

别误会，我很喜欢国庆节。只是我觉得大家对这个节日太上头了，光顾着欣赏空中的烟花，却对眼皮子底下正在发生的事情视而不见。比如，我看见那些当爸爸的人在往肚子里猛灌啤酒，借着酒劲儿干蠢事，每逢国庆节就会上演这种戏码。

至于姥爷，他从来不喝比根汁汽水更烈的酒精饮料，碰都不碰。姥爷常常说自己滴酒不沾，不过，我见过他参军时的照片，他手里拿着的一看就是瓶啤酒。他在照片里还咧嘴傻笑，就是喝酒后的人常有的那种神情。

今年是我头一次自己去看节日烟花，不用姥姥和姥爷跟着了。我一直不明白，为什么以前就不行，毕竟烟花表演就在贮水池塘附近，几年前他们就准许我平时自己去那儿玩了。难道就因为国庆节会有许多人聚集在那个臭烘烘的池塘边看烟花？

不过姥姥和姥爷有个条件，就是得让我和怪物凯文一起去看烟花。姥姥觉得这是个好主意，因为她担心凯文会被人挤伤，她其实更怕有人会踩到他。姥姥有时就是这么没脑子，什么事情都能让她担惊受怕。我是说，既然没人会在看烟花时踩到小孩子，那又怎么会踩到凯文呢？

结果，让人担心的不是踩孩子的人，而是我之前说的——喝得酩酊大醉的家伙们。我和怪物凯文走到距离池塘还有几个街区的时候，遇到了一帮小混混，他们嘴里说着难听的话。

"喂，你们俩！高低脚！弗兰肯斯坦[1]和伊戈尔[2]！朝哪儿看呢，我在跟你们说话，蠢货！你们这是什么呀，怪物秀吗？"

我认出了那个声音，是托尼·D，外号"刀片仔"，他的年纪至少有17岁，已经上过三四次少年法庭了。我听说他用剃刀割伤了一个人，那人差点儿死了。大家都说对付托尼·D和他的跟班最好的办法就是避开他们，绕道走，或者找个地方藏身，反正怎么都得躲着他们。

"对，就是你们！"托尼·D穿着有金属鞋头的时髦牛仔靴，一边说着，一边大摇大摆地走了过来。"嘿，巨人安德烈和小矮子，停下来，我有话跟你们说。"

他口齿不清，听上去像是在说"瓦有话跟泥们刷"。光是听那家伙的声音已经够让人讨厌的了，我可不想再学他讲话的蠢样子。总之，我们犯了个大错，不该停下来等托尼·D——遇见刀片仔准没好事。

---

1 弗兰肯斯坦是英国作家玛丽·雪莱的小说《弗兰肯斯坦》中的主人公，他创造出了一个巨大的科学怪人。
2 伊戈尔是2008年上映的动画片《伊戈尔》里的角色，所有天生驼背的小孩被疯狂的科学家称为"伊戈尔"。

"有货吗，伙计们？"他假装友好地问。我们站在离他一米开外的地方，都能闻到他嘴里的酒气，还有一股腐臭的味道，像是他刚吃了马路上被撞死的动物，但也许那只是我的想象。

"专心点儿，"托尼·D说，"我在问你们，有没有货？"

怪物凯文把胸脯挺得老高，下巴看起来很倔强，他直视着托尼·D，说："有什么货？"

托尼·D双手叉腰，他的手下们正努力穿过人群，朝我们逼近。他弯下身子对着凯文说："当然是让人快乐的东西了，小怪物。你口袋里鼓起来的是什么，不会是鞭炮吧？"

怪物凯文开始加快步伐，尽可能走得比平时更快，这使得他的腿部支架每次都撞到地上。"跟上来，麦克斯韦尔，"他一边走，一边回头看着刀片仔，说，"别理那个智障。"

刀片仔说："嘿，你说什么？"他挡住了怪物凯文，"你有本事再说一遍，小怪物。"

怪物凯文说："智障。智力的'智'，障碍的'障'。它的定义是'患有智力缺陷的人'。"

人见人怕的刀片仔居然被小个子凯文治了！我忍不住

哈哈大笑起来。托尼·D抬头注视着我，露出一口白牙，就像吸血鬼的尖牙利齿，我发誓它们一定是故意磨成这样的。啊！我倒吸一口凉气，心悬在喉咙口，因为我看出刀片仔正在琢磨——是要跟我打一架，还是直接给我个痛快？

就在这时，警笛声响了起来，一辆警车奇迹般地出现，朝着贮水池塘驶去。刀片仔见势头不妙，带着小混混跑得飞快，我猜他们的滑板鞋一定在地上疯狂摩擦吧！

"嚯！"怪物凯文长舒一口气，说，"真是'屎'里逃生啊！"这句话一语双关，我愣了一秒才反应过来，接着我开始大笑起来。真是妙呀，他竟然那么淡定，好像被托尼·D找麻烦没什么大不了的。

几分钟后，凯文问："你能对付他的，对吧？"

我说："开什么玩笑？你不仅要对付刀片仔，还得打败他的跟班。"

"你的意思是你对付不了他，而我还在挑衅他？"

"差不多就是这样。"

"啊，我的老天爷哪！"凯文尖叫起来，他一边大笑一边欢呼，动静大到每个人都扭头看着我们，好像在看一对如假包换的阿呆与阿瓜一样，我们犯傻的样子恐怕也和呆瓜没什么两样。

怪物凯文今晚没有挂拐棍，只戴了腿部支架，他笑得前仰后合，结果摔倒在地上。好在他倒地的时候离地面也没多高。我扶他起来，惊讶地发现他竟然这么轻。抱起他对我来说轻而易举，可能就是在这个时候，我想出了一个法子。我们走到池塘边时，第一组烟花正冲天而起，怪物凯文什么也看不见，抱怨个不停。我们周围挤满了人，他能看到的除了别人的腿就是膝盖。当烟花像粉红色花朵那样在空中绽放时，大人们纷纷把小孩子举得很高，这样他们就能看见烟花了。我不假思索地弯下身，把怪物凯文抱起来，扛在肩膀上。

一开始，怪物凯文在我的肩膀上有些摇晃，直到他抓住我的头发，才让自己坐稳。那时，第一个超大烟花在空中炸裂，发出巨大的轰鸣声，我甚至觉得肚子也被震了一下。怪物凯文大喊"啊！啊！啊！太棒了！"我知道他不会介意的，他没有因为像小孩一样坐在我肩膀上而生气，因为他可能是这个世界上最聪明的人。

白色的火花闪着光落在池塘的水面上，凯文大喊着："是镁！"烟花接着发出砰砰砰的巨响，人们也随之惊呼起来，他又高声喊道："高氯酸钾！硝酸钾！硫黄！铝！"随后，天空出现一团炽热的绿色火焰，凯文扯了扯我的头发，尖叫道："铜！那是铜粉在氧气中燃烧！"我心想，好家伙！还有什么是这位小家伙不知道的吗？

跟往年一样，烟花表演到了尾声会有一场压轴好戏，就是同时疯狂地点燃所有烟花，一瞬间，嗖嗖、砰砰、嘭嘭的响声此起彼伏，不知道的还以为是爆发了第三次世界大战。从天空中落下无数滚烫的火星子，多到你能听见它们落到池塘里时发出各种呲呲的声响。怪物凯文继续大声喊出化学元素的名字，直到最后一点火光在脏兮兮的池塘中熄灭。人群随即爆发出一阵欢呼声，接着，人们不约而同地转身离开，真是一群傻瓜。

7. 行走江湖

你有没有发现？火药的气味会让人口干舌燥。烟花表演结束后，我就直奔停在街边的餐车，满脑子都是冰镇柠檬水，心里想着，这一口喝下去该有多清爽，差点儿忘了怪物凯文还在我的肩膀上。

"从这儿往下看的视角可真棒，"他说，"原来你看到的世界是这样的！"

"我没那么高大，"我说，"你现在比我还高出两个头。"

"酷！"他说，"我喜欢这样。"

我们在人群中穿行，快要走到餐车旁时，怪物凯文扯了扯我的头发，声音急促地说："2点钟方向有个智障，3点钟方向还有两个！"

我没明白："嗯？有什么？"

"刀片仔和他的跟班呀，"怪物凯文低声道，"他们已经锁定目标，行动轨迹正在朝我们而来。往左走，快！要活命就得马上行动！"

糟糕的是我有点儿左右不分。什么都不想的时候我能分得清，可一旦需要迅速决定，我的脑子就一片空白。是右还是左来着？你在说什么？

"左边！"怪物凯文边说边用他的小脚踢我，像是在指挥一匹马，我的脑子瞬间灵光了！"往那边走！""听我的脚指挥！""再快点儿！"，怪物凯文不断地催促着我，幸好这个小家伙手里没握着马刺。管不了那么多了，我一心只想甩掉刀片仔。

"九倍光速！"怪物凯文大喊，"加速加速，怪物骑士！"

我撒开脚丫子使劲跑，在人群里迂回穿梭，甚至不用回头看，只要朝着怪物凯文踢我的方向前进就行。一阵冲刺后，我松了口气，总算成功逃脱了！不料，这时一个混混突然出现在眼前，他是刀片仔的跟班之一，正咧着嘴贼兮兮地朝我们笑。

"快到这儿来，托尼！我把他们堵住了！"

"我该怎么办？"我问凯文。

他说:"让我想想,让我想想!"

我还没见到刀片仔的人影,却已经听见他的声音了。他发出邪恶的狂笑声,一股恶心肮脏的味道袭来,我的胃顿时缩成一团,膝盖也发软了。

"你,怪物!还有那个傻大个儿,我要剁了你们!把你们大卸八块!怪物秀要开场啦!"

我看见刀片仔了,我看见他的青面獠牙,还有一双黑洞洞的眼睛,正目露凶光。他大摇大摆地穿过人群走了过来,他的跟班们已经把我们团团围住,无论我转向哪个方向,都有一个小混混挡着我,学恶霸刀片仔摆出一副凶狠的嘴脸。

我小声说:"告诉我该怎么办。"怪物凯文拍了拍我的肩膀说:"给我一纳秒的时间来处理所有选项。"

"大卸八块!"刀片仔一边说,一边伸手摸进裤子后兜里。

"快点儿!"我低声说。接着,怪物凯文踢了踢我的右肩,我立刻转身,他一声令下:"冲啊!冲!"我拔腿就跑,直接撞翻一个小混混,他吃惊得连泡泡糖都从嘴里掉了出来。他一把抓住我的腿,但被我用力挣脱了。我一会儿向左，一会儿往右，东奔西窜，全凭怪物凯文决定前进的方向，反正像他那么聪明的家伙，一定有办法。

我猜对了，他确实有办法。只不过，他的办法是让我跑进臭烘烘的贮水池塘里，然后把我俩淹死。

"继续跑！"他在我头顶上方大喊，"相信我，我们会没事的！"

刀片仔也在大声嚷嚷，紧追不舍，我能听见他噼里啪啦的脚步声，正离我们越来越近。

"超光速！"怪物凯文大喊，他现在用两只脚踢我，意思是直线前进，"朝着 H_2O[1] 前进！"

池塘就在我的正前方，我沿着岸边跑呀跑，一路踩爆地上的瓶子、罐头和糖果包装。我听见耳旁传来一阵嗖嗖的空气声，大事不妙，一定是刀片仔，他紧追不舍，在我身后用力挥舞刀子。没有别的办法了，只能按怪物凯文说的往池塘里跑了。

我朝池塘跨出第一步，就几乎失去了重心，因为池塘

---

[1] H_2O 是水的化学符号。

很泥泞，底下的淤泥比想象中的深多了，还很湿软，瞬间就把我吸了下去，我的小腿都陷了进去。可是，我害怕托尼·D用刀子割我，害怕他用邪恶的尖牙咬我，只能硬着头皮往前迈。我的脚每次从泥浆里拔起时，都会像吸盘那样发出响亮的扑哧声，我尽可能把步子迈到最大，继续往前走。

我的步子迈得越来越快，直到池塘里的水没过了胸口，这时我才注意到怪物凯文，他正用两只小手抓着我的头发。"哇！"他说，"慢点儿，我们成功了！"

我的膝盖被淤泥裹住，转身变得非常困难。终于，我好不容易转过身，朝岸边看。只见刀片仔就露出一个头在水面上，他面色苍白，满脸恐惧，脏水不停地呛进他的嘴里。"救命！"他哭喊着挣扎，小混混们纷纷跳进水里去救他，费了九牛二虎之力才把他从泥浆里拽了出来。拽他的时候，他们浑身也沾满了污泥。这群家伙像跳上岸的鱼一样喘着粗气，累得几乎没力气骂人，可惜没多久他们就缓了过来。

刀片仔脖子以下全被泥浆覆盖，这副"行头"在他身上倒是很顺眼。他看了看跟班们，他们也跟他一样变成了泥人。"去拿些石头来，是时候练习打靶了！"

"现在我们该怎么办？"我问凯文。泥浆正在把我往池底吸，已经没过我的膝盖，水面几乎升到了我的胳肢窝下，就连怪物凯文的脚也浸湿了。

"等等，"怪物凯文说，"骑兵队就要来了，你听，是不是他们的号角声？"

我竖起耳朵，可只听见刀片仔那帮人急吼吼地嚷嚷，要找石头砸我们，其余什么动静都没有。

我看见刀片仔把身子往后仰，做出投掷的动作。所幸，第一块石头没有击中我们。

"你能动吗？"怪物凯文问。

"我觉得我动不了了。"

这是真的，现在泥浆已经没过我的膝盖，把我固定在原地。我甚至都无法倒下，像插在泥里的一根硬邦邦的大木桩，谁都知道木桩是个好靶子。

石头落水的声音此起彼伏。起初，他们投掷的东西太重，但很快他们就变聪明了。刀片仔说："去拿小点儿的石头过来！给我几块小石头！"我心里一沉，心想这下完蛋了。

此时，头顶上方传来一个响亮尖锐的声音，是怪物凯文。他把手指塞进嘴里，发出一阵阵口哨声。这声音非常刺耳，我的耳朵都快被刺痛了。接下来，我总算知道凯文看见了什么——一辆警车，正缓缓地沿着池塘附近的路行驶，每次烟花表演结束后，都有这样的例行检查。

怪物凯文继续吹着口哨，只见警车的探照灯开始围着池塘转，终于转到我们身上。灯光特别刺眼，我只能不停地眨巴眼睛，怪物凯文则挥舞着手臂，大声呼救。我们听到一个警察从金属扩音器里喊话，命令我们不要动。可就算我们想动，也动不了呀！

灯光直晃眼睛，我很难看清发生了什么。怪物凯文告诉我，刀片仔和他的跟班正在四处乱窜，用他的话说，就像蛇穿了溜冰鞋一样。

"警官！"怪物凯文朝着眼前的这道强光大喊，"我们需要援助！"

他们最后不得不用绳索把我从泥浆里拉出来。怪物凯文不愿意放手，有个警察划着船过来，想把他放下来，可他还是牢牢地坐在我肩膀上。上岸后，每个人都对我们很友善，给我们递来毯子和可乐，还说他们都知道托尼·D的情况，有人会看住他的，让我们不要担心。

"好了，孩子们，报一下你们的名字，我们好打电话给你们的妈妈。"一个警察说。另一个警察以一种不同寻常的眼神打量着我，然后说："嘿，那不是肯尼·凯恩的孩子吗？一定是。杀人犯老凯恩，他还蹲在里头吗？"

凯文依然紧紧地抓着我的肩膀，当警察问他的名字时，他说："请叫我们'怪物骑士'，这就是我们的名字。你们发现了吗？我们身高两米七。"

故事就是从这里拉开帷幕的。在之后的日子里，我们组队成为"怪物骑士"，一起屠龙除恶，行走江湖。

8. 恐龙的脑子

没想到，那个夏天居然很酷。

我本以为跑进池塘会惹上麻烦。警察把我们送回家时，我像只浑身是泥的落汤鸡，样子很狼狈。姥爷拿着水管给我冲洗时一脸不高兴，像是被什么难闻的气味熏到了一样。不过，警察却把我描述得像个英雄，说是我救了那个行动不便的可怜孩子。姥爷听完警察的话，不可置信地看着我，像是在说："你猜我有多吃惊。"接着他走进屋里，不一会儿，姥姥穿着睡袍跑了出来，手里捧着一条松软的大毛巾，对我好一阵嘘寒问暖。

我救了怪物凯文？开什么玩笑！可是，不了解情况的人看起来就是这么一回事，因为他们永远想不到，其实是凯文救了我——或者说，是他天才的脑瓜拯救了我笨拙的身体。

姥姥用毛巾擦干我身上的水，颤抖着双手，对我说："我的天，我看到那些警车闪着蓝灯过来的时候，还以为出了大事。"姥爷在她身后，用一种非常认真的目光注视着我，随后摇了摇头说："谁能想得到呢，梅布尔。"他应该在说笑话，因为姥姥的名字不叫"梅布尔"。

总之，他们带我进了屋，姥姥做的第一件事就是给了我一碗冰激凌，姥爷却不停地摇头。他说："这个年轻人需要的是一杯咖啡——真正的咖啡。"接着，他就好一阵忙活，把滤纸放进咖啡机，量取一些咖啡粉，然后站在那里等着咖啡滴下来，他的表情很严肃，好像在深思着什么。等我大口消灭完冰激凌时，姥爷刚好给我递上装在陶瓷杯里的咖啡，平时他们从来舍不得用那套陶瓷杯。

他把咖啡递给我，仿佛这是件了不起的事，可能因为平时他们不让我喝咖啡吧。看见姥爷一脸严肃的"大老爷"样，我张开嘴打算说，这没什么大不了的，你们真以为这是我第一次喝咖啡呀？（才不是呢！）结果一开口蹦出来的却是："谢谢您，先生。"就好像我被什么人施了魔法似的，我都不知道这话是从哪儿冒出来的，为什么会这么说。

我又说:"谢谢您的毛巾,姥姥,还有冰激凌。我能在咖啡里加糖吗?请给我两勺糖。"姥爷拍了拍手说:"当然可以,我的孩子。"哇哦!我很惊讶,因为他从来不这么称呼我。他总是叫我麦克斯或麦克斯韦尔,要不就是"那个小孩"。

他话音刚落,立刻清了清嗓子,对着拳头咳嗽了几声。姥姥看着我俩,脸上浮现出她特有的神采,好像在说,就该像现在这样才对嘛!这一幕就和家庭喜剧《纯真年代》里演的那样,一家人都在为淘气包小孩做的蠢事而心疼他,却不知道这是小孩子最快乐的童年时光,他正乐在其中呢。

姥姥说:"我需要你答应我一件事,亲爱的,麦克斯韦尔。答应我,你要远离那个无赖小子,还有他那些狐朋狗友。这次虽然没人受伤,可真要是出了什么事——我想都不敢想。"

姥爷转向我——上帝保佑他那尖尖的小脑袋——他说:"麦克斯韦尔能照顾好自己,是不是?呃,麦克斯?"

对。呃,麦克斯。不是"我的孩子",对我来说也挺好。

"我会跑。"我对姥姥说,"以后一见到托尼·D,我就跑。"

"好孩子,"姥姥说,"我还以为……因为你的个头比他高大得多……好的,亲爱的,你就这么做,逃跑。"

"他不是在逃跑,"姥爷不耐烦地说,"他是在采取规避的策略,避免不必要的冲突。这跟逃跑是两回事,对吧,麦克斯?"

我点了点头,喝着咖啡不出声。我决定还是不提托尼·D随身带刀这件事了,他可能还有枪,要是姥姥知道了只会更担心,她一担心就会大惊小怪。

就像我说的,那个夏天其实挺酷的。以前放暑假,我只是到处闲逛,翻翻漫画书,看看电视,或者在姥姥的一再要求下,跟她一起去购物。我讨厌去海滩,因为海滩上的一切都很蠢,比如那些把皮肤晒成古铜色的时髦家伙,摆出自以为很迷人的样子;如果你看到我躺在沙滩的毯子上,你可能会想,嘿哟,那只得了白化病的海象戴着墨镜在干吗呢?

所以说,大多数时间我就待在地下室里,无所事事地抠肚脐眼儿,姥爷还送了我一个绰号,叫"脏肚脐先生"。

怪物凯文彻底改变了这一切。每天早上,这个家伙都会费力地弓着小小的身子走过来，敲打着我房间的木镶板，发出咣咣咣的声音。他虽然体形小，动静可一点儿都不小。"快起床，你这懒惰的怪兽！美丽的少女等着我们施以援手，我们还要去斩妖屠龙呢！"他每天早上都重复一模一样的话，以至于后来他就成了我的活闹钟，一听到他咣咣咣地敲打墙板，我就知道他下一秒会说什么——拯救美丽的少女，斩妖屠龙。怪物凯文笑起来有股能把全世界叫醒的精气神儿，他会笑着对我说："快把早餐装进肚子里去，你怎么吃那么多，真是胃大如牛！走吧走吧，咱们一起去干大事！"他就是这么活力十足，你几乎能听到他的脑子转得飞快，嗡嗡作响，怎么都闲不住。

有一天早上，怪物凯文着急想做点儿什么，坐立不安，差点儿把我的碗从桌子上拽下来。我说了句："你裤子里有蚂蚁。""什么？"他问。我说："你裤子里一定有蚂蚁在挠你痒痒。"他露出一副滑稽的表情，说："佳人格温总这么说，是不是她教你的？"我摇了摇头，慢悠悠地吃完早餐。怪物凯文又说："告诉你吧，它属于膜翅目昆虫，学名叫蚁科，但我的裤子里一只都没有。"

我哈哈大笑起来，虽然他这一通解释，我一个字都没听懂。

"我提议,咱们去探险吧,"他兴奋地说道,"远赴东方,一探究竟。"

我现在知道什么是探险了,因为怪物凯文给我解释了来龙去脉。探险是亚瑟王想出来的办法,为了不让骑士们无所事事,他便命令他们去做一些事情来证明自己的力量、勇气和智慧,有时候我觉得是愚蠢的——毕竟,还能用什么来形容这群穿戴着笨重的盔甲到处跑还不停地祷告的人?我没有在怪物凯文面前提过这个想法,因为他对骑士、探险和密语的话题非常敏感。就比如,龙在他眼里不仅是个黏糊糊、会喷火的巨型怪物,还是自然的象征什么的。

"龙代表了人类对自然界的恐惧,"怪物凯文说,"它是未知的一种原型。"

我问:"什么是原型?"怪物凯文叹了口气,摇摇头,把手伸进背包,拿出他的词典。

这是真的,他的背包里真的一直放着一本词典,那是他最喜欢的书。他从包里抽出词典的样子就像阿诺德·施瓦辛格[1]抽出机关枪一样，手里有书的时候，他就是这种严峻的表情。

"来吧，"他说着，让我拿着那本书，"查一下词典。"我真希望我没有多嘴提什么原型，因为我讨厌在那本无聊的词典里查单词。

"从 A 开始。"他说。

"我知道。"

"是 A-R，"他说，"沿着 A 开头的字母，再找第二个字母是 R 的单词。"

是啊，对一个天才来说，查词典是多简单的一件事，他都已经知道怎么拼写那些单词了。而我呢，连 R 这个字母都会经常被我当成倒过来的字母 E，除非我真的静下心来仔细看。

"小心点儿哟，"他说，"千万别把舌头咬下来，不然我们就得在急诊室浪费一天时间重新把它接上。要知道，显微外科手术可太无聊了。"

1　美国著名动作片演员。

我"啊？"了一声，不过为了不露出舌头，我把嘴闭上了。我还在翻词典找"原型"，专门在用红墨水画过线的单词里找，因为只要是怪物凯文第一次查过的词，就会在它下面画一条线。你会惊讶这里头有多少单词被画了红线，有好几页都是密密麻麻的红线，代表那一页每个单词他都查过意思。

最后，凯义还是把单词拼了出来，我才找到那个讨厌的词。

"这里头没提到龙呀，"我费劲地眯着眼看单词下面的内容，说，"词典里只说是'模式'的意思。那是什么，缝纫用的东西？"

怪物凯文一脸嫌弃地拿过词典，说："你可真是没救了。'模式'是第一个定义。我说的是第二个定义，那个更有趣——'普遍的心理象征或观念，通过梦境或类似梦境的意象呈现。'"

你说说看，这对我理解这个词真有什么帮助吗？我可不想再翻词典，于是就假装听懂了。怪物凯文终于放弃了，他摇着头说："真不知道我为啥要费这心。恐龙只有花生粒这么点儿大的脑子，照样统治了地球一亿年。"

9. 生活本就危险

出发探险！怪物凯文骑在我的肩膀上，要是我忘了该往哪儿走，他就用小脚踢我，给我掌舵。现在这种配合已经成了习惯，只不过我们也不是每次都知道要上哪儿去。凯文喜欢边走边讲自己编的故事。你以为你只是走在平常无奇的人行道上吗？其实你正在穿越一座险象环生的藤编吊桥，它悬挂在高空，桥底下可是万丈深渊。凯文编的故事听起来和真的一样，我都不敢往下看，生怕自己头一晕，从人行道上跌下去。

"不要朝下看，"他说，"闭上双眼即可。"然后他用手遮住我的眼睛，告诉我继续往前走。"先迈一只脚，"他说，"现在换另一只脚。"

他的手捂得我眼冒金星，我只能努力保持身体的平衡。

"再走一步,"怪物凯文说,"稳住,稳住!现在抬起你的蹄子——我是说,抬起你的脚。好了,我们成功了!"接着他把手挪开,我看到我们已经穿过了马路。

"向东走。"等我走到街尾时,怪物凯文又指挥起来,"去那儿,骁勇的战马!东方在远处呼唤!"

我问:"你怎么知道哪边是东?"接着,一道亮光在我眼前闪过,是怪物凯文掏出了一个小指南针。

"童子军用的指南针?"

"其实这是个巧妙的伪装,以防有人发现它价值连城。"他说,"这是一个世代相传的稀世珍宝。兰斯洛特[1]用过它,高文爵士[2]也用过,连黑骑士[3]也曾用链条把它挂在胸前。"

我问:"所以黑骑士也是童子军吗?"怪物凯文笑了,说:"走那边。我们要去遥远的东方,执行一个秘密任务。"

我们走了好几公里,把贮水池塘、操场和学校远远抛在身后。我们还穿越了一个富人区,那里有白色的大房子

---

1 亚瑟王传说中伟大的骑士之一。
2 圆桌骑士传说中的重要人物。
3 亚瑟王传说中的角色之一。

和蓝色的游泳池。怪物凯文嘴里念念有词，说着诸如"这是'贪婪城堡'"，"那是'涨水护城河'"的话。当我们走在树荫下时，他会说"小心前进"，或者在确认树枝不会刮到头的情况下说"前方安全"。

"一定是到东方了，"我问，"我们是不是到了？"我这么说是因为我的脚走得酸痛，可怪物凯文拍拍我的头，说："远方总在下一个地平线上。如果你不信，可以查一查词典。"

"啊，不，我相信你。"

就这样，我们继续前进，走过一个又一个街区，穿过好几个被凯文说成秘密王国的社区。我敢打赌，我们至少走了十几公里，因为我的腿仿佛灌了几十斤的铅，连原本这么轻的凯文，我现在都感觉沉甸甸的。

"我们快到了，"他说，"在街尾准备转弯。"

"我们要去哪里？"

"你会知道的，"他说，"而且你会叹为观止。"

前面是一个繁华的十字路口，车辆呼啸而过，这一切看起来有点儿眼熟。

"我们能停下来喝杯可乐吗？"我说，"姥爷给了我一美元，没多少钱，不过我们可以分着喝可乐。"

"我忠诚的战马，请把这上了色的蔗糖气泡水作为你探险的回报吧！"怪物凯文说，"一路向前！奔向堡垒！"

结果，堡垒看起来像是医院大楼的一部分，实际上也的确如此。看病的地方在正面，背后新增了这座楼。大门上写着——"医学研究中心"。我知道这个，是因为我让怪物凯文解释了一通。

"意思是说，他们在做什么实验之类的吗？"

怪物凯文说："的确如此。"

"什么样的实验？"我问。

"你能保守秘密吗？"他问，"以你的荣誉发誓？"

"当然。以我的荣誉发誓。"

怪物凯文非常兴奋，他在我肩膀上动来动去，我都担心他会掉下来。"那还不够，"他说，"你必须以血起誓。"

"你是说我得割自己一刀？"

"这个嘛，也不用，"看得出来，他在苦思冥想，接着他说，"没必要在身上刺个口子，可以在手上吐些口水，这是一回事。"

"嗯？"

"唾液就像是无色的血液,"他说,"照我说的做,往手上吐口水。"

于是,我往手上吐了口水,只有一口,不过怪物凯文说多少都没关系,哪怕是一个分子也行,重要的是要遵守原则。"现在,请把你的手放在心脏的位置上。"他说。

我把手放在心脏的位置上。

"现在,你必须发誓,你不会把秘密透露给任何人。"

"我发誓。"

怪物凯文弯下腰,用手罩着我的耳朵悄悄说:"大楼里有一个秘密实验室,叫'实验性仿生研究所'。它的使命是为改造人类研发一种新型的仿生机器人。"

"那是什么?"我问。

"嘘!不要对任何人提起,但在未来的某个时候,我会进入那个实验室,成为第一个被仿生改良的人。"

"我还是不明白那是什么意思,"我说,"仿生学是啥?请不要再让我翻词典了。"

"仿生学,"怪物凯文解释道,"是为人体设计替代元件的科学。"

"你是说像机械手臂和机械腿那种?"

"那都是老掉牙的技术啦,"怪物凯文说,"现在,仿生机构正在造一个和我尺寸相同的全新的身体。"

"是吗?它会长什么样?像机器人?"

"一个人体机器人,"怪物凯文说,"还会很像我的样子,只是更大更完善。"

"原来如此。"我说,"我们回家吧,我走累了。"

怪物凯文用力扯我的头发,说:"真的!"他的嗓音变得高亢激动起来,"我已经进去过那个特别的实验室了!每隔几个月,我都要去做检查。他们已经量过我的尺寸,分析了我的血液和新陈代谢率,他们还监测了我的心率和呼吸功能,给我拍了X光,做了CT扫描和超声检查。他们正在为我配制一个仿生移植体,我会是人类历史上第一个使用这项新技术的人!"

我能看出来,他是认真的。这趟探险不是过家家,不是假装把房子当作城堡,把游泳池想象成护城河的探险。我们之所以来这儿,是因为怪物凯文需要向我展示他去过的地方,这个地方对他很重要。我明白了这一点,虽然我还是不懂仿生学是什么,或者成为人体机器人意味着什么。

"会疼吗?"我问,"替换身体元件的时候?"

怪物凯文没有立刻回答，而是等了一会儿，然后用严肃又智慧的口吻回答："当然是会疼的。但那又怎样？痛苦只是一种心境状态，你可以通过思考走出任何心境，包括痛苦。"

这件事让我很担心，我问凯文："可是，为什么你要第一个去尝试呢？不能让别人先做吗？难道你不怕危险？"

"生活本来就危险。"凯文答道。听得出来，他已经想过这个问题很多遍了。过了一会儿，他用脚踢了踢我，说："回家。"

10. 比老鼠更糟糕

那个夏天还有一件事——我又长了个子。

姥爷有天看了我一眼，说："走那么多路，肯定把腿拉长了，你再把可怜的凯文扛肩上，还真把肌肉练出来了。"

"他没那么重。还有，大家总叫他'可怜的凯文'，就因为他没怎么长个儿，这不公平。"

姥爷意味深长地望着我，神情有些悲伤，他清了清嗓子，说："你说得很对，他确实是个非同寻常的孩子。"

"他差不多把整本词典都背下来了。你随便问他个词，他都说得出那个词的意思。"

"可不是嘛！"姥爷一脸自以为是的表情，好像在说，他认为怪物凯文在吹牛，也只有我这样的傻子才会信。我想说他想错了，他不了解怪物凯文有多喜欢词典，可最后我还是默不作声地去地下室了。

姥爷有时候还不错,比如托尼·D追我们到池塘的那回,可大多数时候,他总以为自己什么都知道,但其实并不是这样。要是你不信,去查查"老爷"这个词,词典里的解释肯定不是"谦逊智慧的人"。肯定不是。

所以,我就待在地下室,打开去年圣诞节收到的假随身听,听一些重金属音乐磁带。没想到,凯文突然出现在我的床边。因为戴着耳机,音量开得很大,我根本没听见他进来,他这么突然出现,哎哟!我打赌他把我吓得一蹦三尺高。

怪物凯文翻了个白眼,说:"啊,音乐!能让怪兽也平静下来。"

"你是怎么进来的?"

"你相信传送门吗?不信?那我就是从门里进来的,跟平常一样。而且,我有了一个新的探险计划。"

我立刻说:"我的脚好疼。"

"这次我们不用离开这个社区。"

"酷!是什么样的探险?"

怪物凯文咧嘴一笑,神秘地说:"我们这回去寻宝。不过不需要真的去寻找，因为我已经知道宝藏在哪儿了。"

"在哪儿？"

"地下，"他说，"具体来说，在排水口里。"

"这样啊，行吧。"我说着又坐回床上。怪物凯文斜眼看着我，我能看出来，他没有告诉我全部的细节，他几乎从不一口气说清楚。

"千真万确，"他说，"宝藏就在排水口里，已经通过视觉观察得到了证实。"

"在排水口里寻宝？你是说寻找黄金和钻石之类的东西？"

"也许吧，"他故作神秘地说，"一切皆有可能。"

"听我说，我们得等到夜里行动，这样就不会被人发现了。"凯文继续说，"不光在夜里，准确地说，我们必须在凌晨三点准时行动。"

"一天中最佳的黑暗时刻就在凌晨三点。"他看着他妈妈送他的新手表说。你想知道是什么表吗？就是那种能告诉你东京时间的手表。"我们必须穿黑色衣物，在脸上抹上煤灰。"

接下来的几个小时里，我们到处找煤灰，结果发现得有壁炉才能有煤灰，或者至少得有一个烟囱。最终，怪物凯文决定采纳我的建议，就把地上的灰尘抹在脸上。

"我有黑色的工装裤，"我说，"但没有黑色的衬衫。我能穿件脏衬衫吗？"

怪物凯文做了个鬼脸，说："这也太恶心了。别担心，我会给你弄一件衬衫的。你能准备黑色的袜子吗？"

你有没有发现，一旦你期待某件事发生的时候，就会觉得时间过得特别慢。我的假随身听内置了闹钟，我把它设置在凌晨两点响，然后戴着耳机上床睡觉。在你能醒来之前，你得先能睡着是不？可我怎么都睡不着，因为我一直在等着闹钟响。这是十足的笨蛋行为，我知道。

在这个炎热的夏夜里，我清醒地躺在黑暗里，琢磨着心里的疑惑，比如：排水口藏着什么宝贝？这趟探险会发生什么？是不是怪物凯文瞎编的故事呢？

与此同时，有只蟋蟀发出一阵唧唧的叫声。平时倒还好，可在你翻来覆去睡不着的时候就觉得特别刺耳，真想喷一大罐杀虫剂，把它送到迪士尼乐园或者昆虫天堂，或者蟋蟀死后会去的任何地方。

问题一：怪物凯文怎么知道排水口里有这个东西？

问题二：为什么我们要往脸上抹煤灰？

问题三：为什么是凌晨3点？

问题四：蟋蟀的寿命有多长？

最后我放弃了前三个问题，专注于解决蟋蟀问题。可这小虫子相当聪明，每次我靠近时它就不叫了，根本抓不到它，也没法用我的鞋子把它踩扁，我特想这么干，虽然我知道蟋蟀应该不是害虫。

等呀等，时间仿佛静止了。好不容易终于熬到凌晨两点半，我估摸着差不多是时候了，就按我承诺的行动——上楼，到怪物凯文的卧室窗户下等他。

月亮躲了起来，天空黑暗而空旷，院子里冷冷清清，让人既害怕又兴奋——说真的，我从没在这个时间单独出过门。

外头黑漆漆的什么也看不清楚，不过还算好，我只跌了几跤。等我摸到怪物凯文的卧室窗户下时，他已经在等我了。

"你摔跤的声音怎么跟撞车一样。"他说，"拿着，把衬衫穿上，这样你就不会在夜里发光了。"他从窗户递给我一件看着有点儿蠢的衬衫。

"嘿，等等，这是你妈妈的女士衬衫！"

"黑色，"他说，"是掩护色，这才是重点。"

"算了吧！"我把佳人格温的衬衫还给他。

怪物凯文叹了口气，说："好吧，那就在地上打个滚，把自己弄得灰头土脸的也行。"

这还不简单？总比傻乎乎地穿女士衬衫要好。"你呢？"我问他，这时我已经浑身是灰，鼻子痒得直想打喷嚏。

"小心我的武力攻击，地球人！"怪物凯文说完，便站到窗户上，原来他穿上了一套达斯·维德[1]的黑武士服，只是没戴面具。他把窗户完全打开后，我把他从里面抱出来，放到肩膀上。

"请发表你对我的效忠誓言。"凯文说。

我一愣："啊？"

他说："别管了，没时间去查'效忠'是什么意思了。你只要承诺你会按我说的做就行。"

---

1 电影《星球大战》中的角色，被称为"黑武士"。

"我承诺。"

"向街尾方向走，"他命令道，"尽量让夜色掩护我们。"

这倒很简单，因为整条街就是黑乎乎的一片，四周太暗，我连自己的脚也看不清，也有可能是我的眼睛里进了些灰。总之，没有人看见我们，因为路上根本就没有人。你不会以为这里是居民区，更猜不到一整条街都住着人，周围空荡荡的，仿佛只剩下我和凯文，行走在一个孤零零的星球上。

"真正的黑武士有这么高吗？"怪物凯文高高地骑在我的肩膀上，问道。

"我以为那只是电影里的人物。"

"你知道我的意思。看，那是什么？"

原来是一只猫，不知怎的突然从我的脚下跑了出来，吓得我心脏一阵狂跳。

"是只黑猫吗？"怪物凯文很好奇。

"太暗了，什么都看不清，"我说，"我们快到了吗？"

后来，我才知道我为什么看不清了，是我肩膀上那位黑武士不小心把斗篷垂在我眼前，挡住了我的视线。不过那时我们已经到了街尾，排水口就在路边。

"看看你能不能把它打开。"怪物凯文说。他站在旁边，双手抱胸，脸上的表情看起来还真像个迷你版的黑武士。

我用手指抓住排水口的格栅，用力一拉，可什么也没发生。

"我拉不动它。"

"再试一次。"他双臂交叉着发出指令，仿佛是宇宙的主人。

我又试了一次，格栅好像被什么超强胶水粘住了，怎么都拉不动。怪物凯文拽了拽我的腿，说："现在实施第二个方案。"

他把手伸进小斗篷，掏出一个手电筒，是那种有点儿像打火机的小型手电筒，还有一卷风筝线。

"我设计了一个特殊的搜寻装置。"怪物凯文说。

"不就是个折弯的回形针，挂在一根风筝线上吗？"我说。怪物凯文让我闭嘴，听从指挥。

"你拿着线，"他说着便跪在排水口旁，把小手电筒伸进格栅，照亮了排水道。"你能看到吗？"他问，"能吗？"

我看了看，可还是看不清楚。排水口还散发着一股臭味，像有什么东西死在里头了。我想了想，说不定真有，也许是老鼠，也许是更糟糕的东西。

"就在那儿，"怪物凯文对我说，"我现在正把光打在它上面。"

"那个？那只是一个垃圾。"

"你错了！"怪物凯文严厉地驳斥我，说，"它只是看起来像垃圾，却可能包裹着巨大的财富。你把线放下去，看看能不能钩住它。"

我心想，好家伙，我还真是个傻瓜，为了这位迷你黑武士，我大半夜的在地上滚来滚去，就为了陪他玩过家家的游戏。不过，我还是照他说的做了，把钩子伸了下去。让我吃惊的是，好像还真的钩到了什么东西，等拉起风筝线时，我仔细看了看它。

"是个钱包，"我说，"看起来像是个脏兮兮的旧钱包。"

"当心，"怪物凯文说，"把它拉到格栅下面，这样我就能抓住钱包的带子了。"

我一点一点地把它拉上来，黑武士——抱歉——怪物凯文设法用他的小手穿过格栅抓住了旧钱包，因为钱包湿漉漉的，差点儿又滑进去。我猛地拉起风筝线，我们俩总算把滑溜溜的钱包从格栅下面弄出来了。

"真不容易！任务完成了！"怪物凯文说。

那只旧钱包又破又湿，除非戴上手套，否则我才不想碰它。

"真恶心，"我说，"肯定是有人把它冲进厕所下水道了。"

"不可能，"怪物凯文说，"我昨天早上看到托尼·D手下的一个小混混把它塞进去的。"

"是吗？一定是他们偷来的。"

"毫无疑问。"怪物凯文说着就打开钱包的扣子，用他的小手电筒往钱包里照了照。

到这时，我虽然知道里面不会有什么宝藏，但还是觉得这次探险挺酷的，毕竟，我们是从刀片仔手下的小混混那儿拿回了他们从哪个老太太或者什么人身上偷来的东西。

"的确是个钱包。"怪物凯文翻开这个廉价的钱包，看上去是专门用来放信用卡的。

里头没有钱，只有一张塑料身份证，身份证上写着一位女士的名字。

"洛雷塔·李，"怪物凯文说，"我敢打赌，这肯定是一位落难少女,她遇到了麻烦。"

他说对了一半。第二天我们就发现,"麻烦"的确是真的,只不过,这位"少女"不是遇到了麻烦,而是制造了麻烦。

11. 落难少女

身份证上的地址是在贮水池塘的另一边。以前人们管那儿叫"新业屋",后来大家叫着叫着就变成"新约屋"了。姥姥告诉我,这跟《圣经》里的新约压根儿没关系。

"有些人就喜欢开玩笑,"她说,"我不管你怎么叫那个地方,你决不准踏进那里一步。明白了吗,亲爱的,麦克斯韦尔?"

我本来就不想靠近那个所谓的新约屋,便一口答应了姥姥。可是第二天我们就从排水口里捞出了那个湿钱包,该怎么办呢?怪物凯文解释了一通,他说,如果是为了执行任务破个例,那就不算不守信用。

"说不定还会有奖励呢!"他说。

"要是那位女士住在新约屋,应该没什么钱,"我说,

"那里住的都是穷人和瘾君子。"

我们出发了，具体的行动路线是先穿过操场，从小树林后边抄近路，以防被人发现，然后我们再绕到贮水池塘的另一边。我一路都扛着凯文，现在只要出门，他几乎都坐在我的肩膀上，这样他就不用戴腿部支架或者挂拐棍了。况且，肩膀上还有个绝顶聪明的脑袋帮我出主意，我很喜欢这种感觉。

怪物凯文滔滔不绝地说着关于亚瑟王圆桌会议的故事，他还解释了探险为什么重要，骑士为什么一定要宣誓，宣誓跟赌咒有什么不同。我尽量只听不问，因为只要我一提问，他就会从包里抽出那本词典来。

然而，等我们到达新约屋时，凯文立刻安静下来。那是栋很大的楼，破旧得跟快散架了似的，里头有许多房子，看上去挺凄凉的，还有一股酸臭的鱼腥味儿。那儿随处堆放着自行车和玩具，大部分都被砸坏了，小孩子看起来也和破烂的玩具一样惨兮兮的。他们见到我们走过去时就尖叫着跑开了，但你能看出来，他们并不是真的害怕，只是想假装看见了什么怪物——咦！咦！

"也许我们应该重新考虑这次探险。"凯文迟疑地说。

他开始在我肩膀上扭来扭去，烦躁不安起来。可我们已经在公寓房门外了，万一那位女士真的在找身份证呢？我说服了凯文，所以，接下来发生的一切其实都赖我。

还没等我们按门铃，门就开了，一只手慢慢地伸了出来，摸索到邮箱，抽出一卷报纸，又缩回了房间。那只手到处瞎摸的样子很吓人，我心想，我们得赶紧撤。

我还没来得及抬脚，一个女人的声音冒了出来，她在说我们的坏话。

"伊基！"她说，"伊基，过来看看这是什么！"

一个人影站在门口，是个瘦骨伶仃的女人，她的头发是黄色的，一双小眼睛看起来很不好惹，嘴唇上的口红都晕开了。她穿着破旧的浴袍，抽着烟，正眯着眼睛打量我们，还对我们做鬼脸。

"伊基，"她神秘兮兮地说，"过来告诉我，是马戏团来镇上了，还是咋的？"

紧接着，门口出现了一个毛茸茸的大块头，这个男人顶着一个巨大的啤酒肚，硕大的手臂布满蓝色的文身，胡子看起来像是红色的铁丝网做的。

"不是马戏团，"他吐了一口浓痰在门槛上，"咱们赶上狂欢节喽！"

怪物凯文默不作声，我也想离开，于是我说："不好意思，认错门了。"我试着往后退，尽量不踩到走廊里的三轮车，可那个浑身是毛的家伙一个箭步就冲到门外，挡住了我们的去路。

"这就走？"他说，"谁派你们来的？"

"我认识那个大个子。"那个女人说。她晃着手里的香烟，眯起眼睛努力回想着什么，就像狗叼着骨头死死不放。"我在哪儿见过他哩？他这脸怪眼熟的，对不，伊基？对不？"

怪物凯文终于开口了："请原谅，我们找错地址了。我们，呃，是来找一位叫洛雷塔·李的小姐。"

文身男听到这话，哈哈大笑起来，这笑声好像是从几十斤的啤酒肚里传出来的。他说："听到了吗，洛雷塔？这是你的旧情人还是什么？"他用手指重重地戳在我的胸口上，我都快喘不上气了。他说道："咋不出声了，小屁孩？咬到舌头了？你俩这算什么，连体双胞胎表演？"

"哎哟！"我心里一哆嗦，没想到我们还真找对了地址。穿着浴袍的眯缝眼女人就是洛雷塔·李，更要命的是，伊基就是伊基·李呀！我真是个大傻瓜，现在才想起来以前听说过伊基·李，他是"平头帮"的老大，这个摩托帮派可没少惹麻烦。

"我们找到你的钱包了！"怪物凯文话音刚落，就把钱包扔了下来，被伊基·李用一只手接住。他给洛雷塔使了个眼色，像是要找点儿乐子。

"你们最好进屋来，"他抬头看着凯文说，"你，还有上面那个科学怪人。"

"对不起，"凯文语调很高亢，声音颤抖着说，"我们必须婉拒您的好意，因为我们，呃，我们现在必须走了。"

洛雷塔把烟灰弹到我脚边，说："伊基让你们进来，你们最好照做。"

我们只好进去了。房门不够高，我不得不把怪物凯文从肩膀上放下来。这时，洛雷塔仔细瞅了瞅我，说："我认得他，老早以前的什么时候。伊基，你认识他不？"

伊基没有理睬她，他指着一把破椅子，说："坐下。抬头看你们真让我不爽。"

洛雷塔绕到我身边，说："别一大早的就让伊基不爽。上次有个小子搞得他很不爽，他们不得不把他给……"

"闭嘴，洛雷塔！"伊基闷声说道，"我在想，你说得对，他的确看着怪眼熟的。"

我坐了下来，感觉这把破椅子随时会散架，怪物凯文就在我旁边，他努力想把蜷缩的身体挺直起来，却很费劲。

"名字。"伊基问。

怪物凯文清了清喉咙，想让自己的嗓音听起来更低沉，他学着大人的口吻说："很抱歉打扰你们，但我们现在必须得回去了，我们赶时间。"

伊基伸出手指，对着凯文的鼻子弹了一下，啪！这一下看着很疼，但凯文什么也没说，只是整个人紧绷起来。

伊基说："我问你问题，你最好回答，听懂了吗？名字，告诉我你们的名字。"

怪物凯文说了我们的名字，伊基低头拍了拍他的脑袋，说："很好，看看，这不难，对不？下一个问题，你们从哪儿找到洛雷塔的钱包的？"

怪物凯文告诉他，我们是在排水口里找到的。至于我们当时穿一身黑衣，还有达斯·维德的黑武士服，像骑士那样探险的事情，他一句也没提。

"下一个问题，"伊基说，"钱在哪儿？"

洛雷塔边咳嗽边点了根新的烟，插嘴说："可是伊基，钱包里本来就没钱。"伊基说："闭嘴，洛雷塔。"她又咳了一阵，不敢作声了。看得出来，她很怕伊基，伊基一说话，她就紧张地抱住自己。

怪物凯文说："我身上有两块零钱，可以给你，但我们现在得回家了。"

伊基瞅了他一眼，好像真的要忍不住发大火了。他说："你怎么回事儿，非得回家不可？我们这不聊得挺好的吗？别扫兴！"

突然，洛雷塔跳起来说："伊基！伊基！我想起来了！记得肯尼·凯恩吗？"

有一瞬间，我差点儿以为伊基要搡她了，没想到他平静了下来，认真地打量着我，他的眼睛越瞪越大，然后点头说："对，就是他，肯尼·凯恩，你说得没错。这小子跟老凯恩一个模样，肯定是他的崽，错不了。"

这可把洛雷塔乐坏了，她跑进厨房，踢开脚边的瓶瓶罐罐，拉开冰箱门，我们能听见她大笑着说："我知道，我就知道！"

她回来时手里拿着两罐啤酒，她把啤酒罐都打开了，递给伊基一罐。"猜对了，来个奖品！"她说，"往事如烟哪！你还记得那一回不？老肯尼……"

"闭嘴，洛雷塔！"伊基说完，一口气把啤酒灌下肚，用一只手捏瘪瓶罐，直接丢在地板上。我这才注意到地上还有其他被压瘪的啤酒罐，扔得到处都是，整个地方就像个瓶罐垃圾场或是巨型烟灰缸。

这时，怪物凯文看了我一眼，是那种他完全不知道发生了什么的眼神，这比伊基·李和他身上的文身更让我害怕。

"我也认出他来了，"洛雷塔打了个响指，说，"那个侏儒还是矮子，管他什么的，他准是格温的孩子。你记得格温吗？那个总是神气活现的格温？"

"不记得，"伊基说，他的眼睛紧盯着我，"从没听说过什么格温。"

洛雷塔说："无所谓了，往事如烟哪！日子过得可真快，你说是不，伊基！我还记得这俩孩子出生的时候。没想到过了几年，肯尼·凯恩干了那桩事儿，就进去了，对吧？还在里头熬日子呢。"

伊基说："他是进去了，我认识的一个小子也在里头，认识他。"他给了我一个诡异的眼神，说，"你去那儿探视你老子的时候，跟他说，伊基向他问好，怎么样？"

"我估摸着他都不一定认得他爹，伊基。出那桩事儿的时候，他还是个小家伙呢，是不是？"

我一声不吭，怪物凯文看着我，仿佛他不认得我一样。接着，伊基说："'杀手凯恩'，那家伙可真是个狠人。"

洛雷塔对我说："我听说他在里面找到了光明。他信教了，是真的吗？"

"我不知道。"

伊基轻蔑地哼了一声，说："他不知道。你知道的不多，是吧？"我赶紧摇了摇头。

洛雷塔说："这孩子有点儿智力障碍，伊基。我打赌他甚至都不知道自己有多大力气。"她戳了戳伊基，更像是挠了挠他，咪咪傻笑着说："你怎么不试试他？看看他是不是真的像看上去的那么结实？"

伊基满脸不高兴地说："消停点儿吧，洛雷塔。"他注视了我好一会儿，然后用大拇指指着门，示意我们出去："表演结束了，小子们。你们两个，现在离开这儿。"

洛雷塔说:"可是,伊基,咱们不找点儿乐子吗?"

"你才是智力障碍,洛雷塔,"伊基说,"要是传到'杀手凯恩'耳朵里,说我欺负他小子怎么办?省省吧!"

"反正他判的是无期徒刑,"她说,"怕什么?"

"无期不是关一辈子,我告诉你多少次了!"

洛雷塔眯起眼睛看着他,说:"真的?他有一天还会出来?"伊基看了看我,让她闭嘴。

我们终于走到门口,这时,洛雷塔用她的指关节,重重地搓怪物凯文的头。

"这是为了好运,"她对伊基说,"摸小矮人的头能走运。"

凯文边躲边喊:"我不是小矮人,我也不送好运!"

洛雷塔只好住手,转而站了起来,双手交叉在胸前。她说:"嘿,小矮子,你的事儿我全知道。你信不信,你老爸可是个魔术师哩!"

怪物凯文在我身后躲闪,想要避开她,可当她说出这话时,我能看出来,他很想知道他的父亲是不是真的是个魔术师。

"当然是真的,"洛雷塔说,"在你生下来没多久,他可不就成魔术师了嘛！谁让他一听到'先天缺陷'这个魔咒，就消失得没影儿了呢！"

下一秒，我们就被伊基一把推出了门。

12. 杀手凯恩，杀手凯恩，生了个孩子叫笨笨！

我替怪物凯文难过，因为他很讨厌被人摸头求好运，不过我一句话也没说，只是带着他往家跑，沿着水池塘迈大步抄近路回去。我的大脚丫子竟然一次都没绊倒我，就好像我进入了自动模式，变成了一个跑步机器人。

"哇哦！"我们回到怪物凯文家时，他说，"这才叫探险，对不对？"

"像伊基·李这样的坏蛋，我们能活着出来就算幸运。"

怪物凯文说："才不是呢，他只是嘴上说说，吓唬人的。"

是啊，才怪。事实上，我在那儿一直很害怕，怪物凯文也一样,虽然他现在不肯承认。

"关于我父亲的事儿是真的,"怪物凯文摆弄着手指甲,又变回了酷酷的样子,他说,"佳人格温不愿意聊这事儿。她只说'他做了他的决定,我也做了我的决定'。但我知道他是因为我才离开的。对了,你知道吗?"

"知道什么?"

"不中用的东西,丢了也无妨。"

不知为什么,我一下子笑出了声。也许是他说话的样子,也可能是之前太紧张了,总之,我跟个傻瓜一样在地上笑着打滚,怪物凯文则在四周昂首阔步,说着类似"洛雷塔,我的皇后,你愿意接受我的求婚吗?"或是,"伊基爵士,你能帮我们一个大忙,倒在你的剑上吗?"我笑得上气不接下气。

在那之后,一切都挺顺利的。不过,有一件事我们从来不聊——我的父亲,杀手老凯恩。对我来说,这样挺好的。

学校。

在过去的一周里,我只要一听到这个词,就像被针刺了一下。麦克斯总算升到八年级了,姥姥努力装出很兴奋的样子，好像这是什么了不起的事情。真是个笑话，因为我能从七年级升上来，只不过因为他们想甩包袱，用他们的话来说，就是把这个大笨蛋转手变成"别人的问题"——"谢天谢地，我们总算受够了麦克斯韦尔·凯恩"。

姥姥带我去商场买新衣服，在我看来，这跟她带我去看牙一样"欢乐"，可能还更糟，因为至少在牙医那里，大多数时间我是坐在躺椅上，诊室的门是关着的。可是，跟姥姥一起逛商场就不同了，这就像是在跟全世界宣布：本尊驾到，请大家伙瞧一瞧，看一看！

鞋店里有个女售货员，她露出一丝嘲讽的神情问："47.5码特宽的鞋子？店里真有这么大的鞋子吗？"姥姥答道："我很确定店里有，亲爱的，请你去问一下经理。"然后姥姥转头看着我，说："麦克斯韦尔，又不是让你动什么大手术，别一脸委屈的样子，礼貌一点儿，就当帮我个大忙，行不？"

好的，才怪！那个鞋店经理抱着不知什么牌子的跑鞋走过来，想帮我脱掉旧鞋，好像他认定我自己做不到似的。我瞅了他一眼，他才往后退了一步，让我自己动手。

"亲爱的，我希望你能把鞋带系上。"姥姥对踩着新鞋走来走去的我说。

"现在流行这样,"经理嘿嘿嘿地笑着说,"这鞋就是这么设计的,不用系鞋带。"

为了证明他有多蠢,我系上了鞋带,这让姥姥很高兴。有时候就是这么滑稽,一件很小的事就能让姥姥高兴,只不过一开始你并不知道哪件事能让她高兴,得做了以后才知道。你明白我的意思吧?

后来,我们总算逃出了商场,我已经有足够多的新衣服了,可以撑一段时间了。撑多久呢?按姥爷说的,也就一个礼拜左右吧。

"你可以把他的袖口翻下来,"姥爷说,"不过现在衣服都没袖口了,我真是糊涂了。"

"我觉得他这模样挺帅的,"姥姥说,"麦克斯韦尔,请转过身来,把衬衣的衣角塞进裤子里。"

"嘿,别管头管脚的,"姥爷说,"他又不是时装模特儿。"

"我就是有点儿舍不得他长大,"姥姥说,"我们的小麦克斯韦尔都长成大孩子了。"

"这不是好事儿嘛,"姥爷说,"这孩子确实在成长。"

现在，有一个新的情况——我跟怪物凯文分到了同一个班级。我本来是进不了"聪明班"的，绝对不可能。凯文让佳人格温去学校找所有管事的人说情，最后他们都同意了，说这对凯文有好处，因为总得有人背着他四处走动。

姥姥有点儿担心，她不想签那些同意书，就好像待在学习障碍班对我有多大帮助似的，她怕我到了"聪明班"会显得更蠢、更笨。有一天晚上，我蹑手蹑脚地从地下室往上走，听见姥爷在说："不如让他试一试吧，别的办法都没奏效，也许他需要的就是一个朋友。虽说他有那么多特殊教育老师，却从没交过真正的朋友。"第二天早上，姥姥签了同意书，开学第一天，怪物凯文帮我在名单上找到了我的名字。这是真的，我们真的分到同一个班了！

起初，班里所有人都忙着装酷，炫耀身上的新衣服，几乎没人注意到我们。没人发现，怪物凯文高高地骑在我的肩膀上，他的桌子也总是紧挨着我的。不过，我们的隐形能力很快就消失了，等我们上完数学课（其实就是发了课本，在黑板上写了一堆数字），走廊里就传来一阵窃窃私语。有人说："嘿，那个小矮人是谁？""看，疯狂麦克斯来了！"，还有人说："请原谅，我得吐一下！""看看是谁从怪物秀里逃出来了？"以及"我的老天爷呀，真恶心！"……

"麦克斯韦尔·凯恩？"

这是英语老师多内利女士的声音，她是新来的。当我点点头举起铅笔时，她说："麦克斯韦尔，请站起来，告诉班上同学，你在暑假做了些什么？"

如果她不是新来的，她就会清楚地知道，在课堂上起立发言完全不是我的长项。

"麦克斯韦尔，"她说，"有问题吗？"

教室里的议论声越来越吵，有人开始喊："别管了，多内利老师，他的脑子长在尾巴上了！"

"让他数数，他会用爪子挠地！"

"超大卫生巾！超大卫生巾！快问问，他老爸是谁？"

"杀手凯恩！杀手凯恩！生了个孩子叫笨笨！"

多内利老师的表情像是踩到了什么脏东西，粘到鞋子上怎么也甩不掉。叫嚷和喝倒彩的声音一阵高过一阵，很快，班里有人开始朝我们扔东西，铅笔、橡皮和揉成团的纸都飞了过来。多内利老师好像不知道该怎么办，整个教室都乱套了。

正在这时,怪物凯文爬到了课桌上,这让他看上去跟正常站立的人一样高。他拼尽全力地喊道:"肃静!法庭要求肃静!正义需要发声!"

凯文昂着头抬起下巴,握着小拳头,跺着双脚,看起来像个小猛兽。所有人一下子被他的气势镇住了,教室里瞬间安静得可怕。

最后,多内利老师开口说:"你一定是凯文吧?"

怪物凯文还是那副凶猛的样子,他说:"有时候,我是凯文。"

"有时候?这是什么意思?"

"意思是,有时候我不只是凯文。"

"哦,"多内利女士说,看得出来她听不懂凯文在说什么,但她觉得让他说下去很重要。"那么,凯文,"她说,"你能给我们举个例子吗?"

紧接着,怪物凯文就把手放在我的头上,他爬上我的肩膀,拽了拽我的头发,我立刻知道这是"站起来"的意思。我照做了,在班上所有人面前,我站了起来,我看到多内利老师的眼睛越睁越大。

我站在那儿,怪物凯文高坐在我的肩膀上,这感觉很好，让我觉得自己既强壮又聪明。

"这个例子怎么样？"怪物凯文说，"有时候我们有两米多高，强悍到足以破墙而出；有时候我们揍坏蛋，有时候我们寻宝藏，有时候我们屠恶龙，把圣杯里的酒一饮而尽！"

多内利女士退到讲台后面，说："我的天，我相信，这一定很有意思。不过，你们能先坐下吗？"

怪物凯文并没有听她的，他坐在我的肩膀上，给我指引着方向，我们围着教室转了一圈，威武地向所有人展示，仿佛他是英勇的骑士，我是强壮的战马。他举起拳头，在空中挥舞，嘴里高喊："怪物骑士！怪物骑士！"很快，他就让大家都跟着喊起来："怪物骑士！怪物骑士！怪物骑士！"尽管他们不知道在喊什么，也不知道这是什么意思。

我站得笔直，尽可能站得高高的，按照他的要求精确地行进，前、后、左、右，就像跟着指挥棒演奏音乐那样，我甚至想都不用想，就知道该怎么做。所有孩子都在高喊我们的名字，多内利老师不知所措，她准是蒙了，半躲半藏地待在讲台后面。

整个班级都举起拳头高喊："怪物骑士！怪物骑士！怪

物骑士！"

我也不知道怎么说，反正我觉得这真的太酷啦！

因为这个，怪物凯文和我头一回一起被请进校长办公室。

我们在校长办公室外面等候，爱迪生校长看了我们一眼，说，"这是什么情况？"

"恐怕是有一点儿误会，"怪物凯文说，"希望您能允许我做一番解释。"

爱迪生校长是一位非常严肃的非裔女士，她的银发紧紧地扎成一个髻，穿着一身套装，看起来像是银行的工作人员。她的嘴角挂着一丝奇怪的微笑，好像在吮吸一个柠檬，然后柠檬突然变甜了。她回答说："当然可以，那我就来听听你的说法，但愿你能说服我。"

我不太记得怪物凯文说了些什么，只是他用了很多大词、生词，爱迪生校长还得边听边查阅凯文的词典，可这似乎让她很高兴。重要的是，无论凯文告诉她什么，她都信了。

13. 美式大杂烩

你听说过黑色星期五的恐怖怪谈吗？以前我觉得那都是胡说八道，没想到，现在我也经历了自己版本的黑色星期五。当时是 10 月，所有的事情都相当顺利，比我预期的还要好。我和怪物凯文的拍档组合，连多内利女士都说她越看越顺眼了，换句话说，她承认怪物凯文比她还聪明一倍，阅读量肯定也超过了她。

她总是说："凯文，我们知道你知道答案，因为你总是知道答案，所以是不是可以让别人也有机会作答？比如，你的朋友麦克斯韦尔？"

怪物凯文会说："他知道答案，多内利老师。"

"是的，凯文，我相信你是对的，因为你总是对的。不过，我真的很想听听麦克斯韦尔自己的回答。麦克斯韦尔？麦克斯韦尔·凯恩？"

真烦人，我知不知道答案又有什么关系呢？要是我不知道，怪物凯文就会告诉我答案，他还会用我能理解的方式解释给我听，比多内利老师讲得还好。所以，我的反应就是耸耸肩，微笑着不作反应，等到她知道叫不动我了，就会请另一个同学来回答。其实我知道答案——为什么约翰尼·特瑞美[1]变得愤愤不平？因为他在一个愚蠢的事故中烧伤了手——我知道这些，是因为怪物凯文一直在教我怎样读完一本书。也不知道为什么，在以前，读书对我来说就像翻天书，我根本不在乎那一堆单词，可现在，它们全都变成了我能理解的故事。

我的阅读辅导老师是米汉先生，他对我说："麦克斯，几次测试的结果都表明，你并没有阅读障碍，也没有能力缺陷。你知道的，嘿嘿，我也一直认为，你的问题其实是你懒惰固执，无心学习。所以，如果和凯文交朋友能在一定程度上端正你的态度，提高你的技能，那真的很不错。

---

1 埃丝特·福布斯创作的一部美国儿童文学作品《约翰尼·特瑞美》中的主人公，该作品于1944年获得纽伯瑞儿童文学奖。

再接再厉吧！"

米汉老师找多内利老师谈了一次话以后，多内利老师就没再要求我在课堂上回答问题了，而是等到自习课时，她会过来单独问我同样的问题，我也会告诉她答案。不过，她还是理解不了，总忍不住说："可是，麦克斯韦尔，如果你能对我说话，那你也一样能对着同学们说话，不是吗？"

不是的，区别可大了。我没法儿解释为什么，可只要对面超过一两个人，我的嘴巴就会自动闭上，更何况一个班里有那么多人，还是算了吧。

"好吧，你害怕在公众场合说话，但这并不妨碍你把答案写下来，是不是？如果你能读，那你也能写，对不对？"

又错了。阅读的东西是怪物凯文帮我弄明白的，他教我把单词看作写在纸上的声音。可是，把单词写下来就是另一回事儿了。不管凯文怎么说，写东西对我来说根本不像说话，我感觉我的手又大又笨拙，铅笔握在手里就像握着一根意大利面条，总是写着写着就从手里滑走了。

多内利老师只好表示，暂时先这样吧，她很满意我能读书，但我们真得好好练习写字这事儿，不是吗，麦克斯韦尔？她这么说时，我只是点了点头，把目光转向别处，心想，算了吧，没可能。

就像怪物凯文说的，阅读是听别人讲话的一种方式，我很乐意听。可是，写作却是让自己讲话，我可是一点儿都不擅长讲话。

总之，10月13号，也就是黑色星期五这一天，先发生了这么一件事：课前集合时，从校长办公室送来一张纸条，上面写着：

麦克斯韦尔·凯恩，请到校长办公室报到。

我倒吸了一口气。

怪物凯文起身要和我一起去，却被拦住了。送纸条的老师说："凯文，你留在这儿。爱迪生校长明确表示，麦克斯韦尔必须一个人去。"

怪物凯文起先是想说服她，见不管用，他就改变主意，用肘部碰了碰我，悄悄说："只告诉他们你的姓名、军衔和编号。否认一切。如果你10点钟还没回来，我们就组织搜救行动。"

他要我揣上他的词典，以便助我一臂之力，在校长面前甩几个生僻大词。但这次是我单独被叫去见校长，我已经担心得要命了。我猜想，他们是不是要把我送回学习障碍班？我暗暗下定决心，如果真是这样，我就逃走，去树林里找个地方躲起来，谁来我就吓唬谁。总之，我没有带上怪物凯文的词典，因为我的双手在发抖，生怕把词典掉地上。还有，万一爱迪生校长问我单词的意思，我一紧张忘了怎么查词典，那不就证明我还是个大傻子吗？

和往常一样，爱迪生校长在办公室外等我。她努力想挤出微笑，可她不是那种爱笑的人，反而让我看出来，不管她要跟我说什么事情，事态都很严重。

是不是有人死了？

我脱口而出："姥姥！姥姥没事吧？"

"没事，没事，大家都很好。进来坐吧，麦克斯韦尔。请你放松一点儿。"

放松，才怪。

爱迪生校长坐在她的大椅子上，她先看看天花板，再看看地板，最后看了看她的手。然后，她终于把目光投向了我。"怎么说呢，麦克斯韦尔，这有点儿难办，我不知该从哪儿说起。首先，请允许我说一句，大家对你的进步都感到非常惊喜。这简直是奇迹，甚至让我觉得，其实你一直以来都具备同龄人的阅读能力，只是出于某种原因故意不表现出来。"

我根本没在听她说什么,因为我的胸腔好像有只小鸟在扑腾,它让我脱口而出:"你要把我送回学习障碍班,是吧?"

爱迪生校长走过来拍拍我的肩膀。我能感觉到她碰到我时有些紧张,不过她还是这么做了。她还说:"没有,没有,不是你想的那样。我要说的事与学校无关,麦克斯韦尔,是关于你个人的情况。"

"如果你们要把我送回学习障碍班,我不会去的。我铁定不会去。我会逃跑。我会的,我会的。"

"麦克斯韦尔,这和你的学业没关系,也不关学校的事。这是关于你的,呃,你的父亲。"

我的,呃,父亲。我突然希望我只是犯了什么错,被爱迪生校长留下来写检查。

她深吸一口气,把双手的手指交叉在一起,仿佛在祷告,接着她说:"假释委员会转发给我一个请求,是来自你父亲的请求,麦克斯韦尔,你父亲想知道他是否可以——"

"我不想听!"

我跳起来,双手紧紧地捂住耳朵。"我不想听!不想听！不要！不要！不要！"

当你在校长办公室里发疯时，校长会叫来校医院的护士。两位护士努力抱住我，让我平静下来，就好像我又回到日托班了。

"麦克斯韦尔？"爱迪生校长试图掰开我捂住耳朵的手。她说，"麦克斯韦尔，请忘了这件事，好吗？忘了我说的。你不必做你不想做的事，好吗？我会确保这一点，我向你保证。我以我的荣誉担保，他不能强迫你做你不想做的事。我会向假释委员会，还有他的律师非常清楚地表明这一点，毫不含糊。"

最后，我把手放了下来，其实捂着耳朵也没什么用，因为我还是能听到他们说的话。这时我才发现自己抱着膝盖，蜷缩在办公室角落的地板上，我甚至不记得自己是怎么到这儿的。

就好像在一瞬间失去记忆一样。护士递给我一杯水，奇怪的是，她在哭。

"对不起，"我说，"我不是故意伤害你的。"

"你没做什么，"她说，"我很容易哭，别担心。"

我还是很担心，因为如果她哭，说明我肯定打了她，可我完全不记得了。仔细想一想,这真的很可怕,万一哪天我在自己完全不知道的情况下,做出什么事情来可怎么办?

在这之后,学校食堂里发生了一件更糟糕的事。

怪物凯文对美国大杂烩情有独钟。他非常喜欢这道菜,越黏糊越好。你绝对不会相信这么小的一个人能吃这么多。每次他都会托起盘子,对我说:"先生,请再给我来点儿稀饭。"我总是回答说:"那是美国大杂烩,不是稀饭,我查过'稀饭'这个词,记得吗?"而他总会接着说:"求您了,先生,再赏点儿稀饭吧!"于是,我就去给他再盛上一碗。

这次我往回走时,忽然发现他神情不对劲。凯文的脸一瞬间涨得通红,喉咙里发出咔咔咔的声音。他没法儿说话了,只能看着我,想用眼神对我说些什么。我立刻飞奔着去喊了护士。

"快点儿!他喘不上气了!他喘不上气了!"

护士也跑得和我一样快,边跑边喊人叫救护车。

等到了食堂,怪物凯文的脸已经发紫了,护士抓住他,把一个塑料做的东西塞进他嘴里,他的眼睛紧紧闭着,一条腿时不时地抽搐几下。

我不知道该做什么,只能在原地上蹿下跳,每次有小孩围过来时,我就把他们赶走。然后,怪物凯文的脸开始由紫色变回粉色,呼吸也平缓下来。

就在那时,救护车到了,我连救护车的鸣笛声都没听见。怪物凯文被抬到担架上时,他声音嘶哑,嘴里说着什么。"我没事,"他反复说,"真的,我没事,我只想回家。"

可一旦叫了救护车,就得去医院检查,这是规定。我想了各种办法试图跟他一起上救护车,可都被拦住了。最后,爱迪生校长不得不出面把我拉走,直到闪着灯却没有鸣笛的救护车一点点消失在视线里。

"你今天真是不容易,是吧?"她边说边把我带回学校。

"不是我不容易,"我说,"而是凯文,他只是想好好吃一顿午餐。"

爱迪生校长看了我一眼,说:"你会没事的,麦克斯韦尔·凯恩。我很确定。"

她是位不错的校长,可不知道为什么,我还是没法儿让她明白,这个糟糕的黑色星期五,最难受的人不是我。

另外,我以那本词典的名义发誓,要是怪物凯文再吃什么美国大杂烩,我一定会把一整盘都倒在他头上。

14. 对天发誓

第二天，怪物凯文要出院了，所以姥姥同意我待在家里不去上学。等佳人格温开车回来的时候，我已经站在门前的台阶上了。凯文坐在后排，如果不仔细透过车窗看，很难发现他。他露出一个大大的笑容，让我觉得一切都会好起来。

"我可以把他抱进屋吗？"我问。佳人格温回答："当然可以。"

"不过，他需要休息。"她说，"没有我的允许，他必须待在屋里，你明白吗？"

怪物凯文一进自己房间，就立刻开始指挥我，一会儿让我递个东西，一会儿做件什么事，完全看不出他在生病。

"一个小故障而已，"他说，"通过生物技术干预就能轻松解决。"

"你是说机器人什么的吗?"

"嘘!"凯文让我小声点儿,说,"千万不能让佳人格温知道这个计划。光想一想就能吓退她。"

"嗯,的确挺吓人的,"我说,"毕竟,这个手术是要给你换一个全新的身体。"

"我不怕,"凯文说,"我还翘首以待呢!"

"那么,什么时候手术呀?"

凯文眼里的光黯淡下来,怔怔地说:"我还不确定。斯皮瓦克医生,她是我的大夫,她说也许得过一两年。"

"可你为什么要换一个新的身体?"我问,"难道就不能保持现在这样吗?"

凯文摇了摇头,像是看出来我的脑袋不够聪明,还弄不明白这一切。

"没有人能保持现状,"他说,"每个人都在不断地变化。我的问题是,我身体里面在长大,可外部却长不大。"

怪物凯文不想再讨论这个话题了,我就没再追问。又过了几天,生活恢复正常了,我们像往常那样一起上学,一切都顺利起来,直到圣诞假期——夸张一点儿说——妖魔出世，天下大乱了。

那天，我正无聊地待在地下室，摆弄着无聊的包装纸，打算把送给姥姥和姥爷的无聊的圣诞礼物包起来。这时，楼上传来了大吼大叫声。

要知道，在我的记忆里，姥爷可从来没凶过姥姥，而姥姥呢，她最生气的时候顶多就是哭一场。可楼上确实有人在吵架，于是，我偷偷爬上楼想听听动静，根本不用把耳朵贴在门上，因为声音实在太大了。

"除非我死了，否则你想都别想！"

那是姥姥在喊，她一边吼一边哭。姥爷的声音没那么大，于是我把门打开一条缝，想听清楚姥爷到底是怎么把姥姥气成这样的。

"这是我的义务，"姥爷说，"一个男人必须保护他的家人。"

"不能用枪来保护！"姥姥大喊，"在这个家里，绝对不可以！我受不了了！他们怎么能这样对我们？他们怎么能！"

"他骗过了他们，"姥爷说，"就像他当初骗过安妮，骗过我们一样。但是，决不会再有下一次了。那个小子胆敢踏进房子一步，我就对他开枪。"

"别碰枪，"姥姥说，"你根本都没摸过枪。"

"谁说的！你忘了我以前当过兵吗？"

"那是30年前的事了！我知道到时候会发生什么，你以为这8年来，我没做过这样的噩梦吗？他会冲进来，从你手里夺走枪，然后对着你扣动扳机！"

听到这儿，我已经明白他们在说谁了，也许你也猜到了。没错，就是他——杀手凯恩，我的父亲。

"也许他们不会放他出来，"姥姥说，"如果他们敢这么做，那他们也要保护我们的安全。"

"是啊，他们会的，"姥爷说，"就像他们当初保护我们的安妮一样。"

姥姥一听便哭了起来，姥爷的语气温和了下来，尽力安慰着姥姥，说："好了，好了，亲爱的，别哭了。我明白，我明白。好了，好了。"

过了一会儿，我听到地下室的楼梯嘎吱作响，是姥爷下来了，他敲了敲我的房门。

"请进。"

姥爷走了进来，这一回他没有说我这儿像老鼠窝，也没有因为我忘了把臭袜子放进洗衣篮，抱怨房间闻起来像更衣室。他坐在床边，两只手紧紧握在一起。我从没觉得姥爷年纪大，因为他从不把自己当成老头，可是今晚的姥爷却脸色煞白，佝偻着背，皮肤都耷拉了下来，仿佛活了一千岁。他对我说："我猜，你刚才听见我们在争吵了吧？你姥姥非常担心，她不同意我以暴制暴，这不怨她。"

"他逃跑了吗？"我问，"是不是逃跑了？"

姥爷摇摇头，说："他申请了假释。"

"太蠢了！那太蠢了！"

姥爷说："你说得对，孩子。我想告诉你我做了什么——我去了法院，申请了限制令，按照法律规定，他至少得跟这儿保持1.6公里的距离。要是他敢上这儿来，他们就会把他送回监狱，法官向我保证了这一点。"

我说："也许你真应该弄把枪。"

姥爷沉默了好一会儿，随后说："也许我会，也许我不会。但我不能告诉你姥姥，这么瞒着她让我心里很难过。我们俩从来没有事情瞒着对方。"

"我会守口如瓶的。"

姥爷又沉默了，然后他起身从床边站了起来，对我说：

"不会有事的,麦克斯,我向你保证。但是,在接下来的几天里,我需要你待在家里,你能答应我吗?"

"我能!"我回答,"我发誓,对天发誓!"

15. 是谁从烟囱里进来了

圣诞前夕是平安夜，街上静悄悄的，用怪物凯文的话说，安静得连老鼠放个屁都能听见。虽然很无厘头，这句话还是把姥爷逗得摇头直笑。

怪物凯文和佳人格温来了，我们一起享用晚餐，每个人都假装一切照常，谁也没提杀手凯恩出狱的事情。佳人格温穿着一件深红色的丝绸衬衫，她的黑裙子长得快拖到地上了。她的腰特别细，看起来就像圣诞树上的装饰品，是那种树枝一动就会叮当作响的挂件。

怪物凯文也打扮得很正式，他穿着一件花呢新夹克，手肘那里还有别致的拼接图案。姥爷说凯文要是手里再拿个烟斗，就是十足的教授范儿。

"烟草不好，"怪物凯文说，"尼古丁不仅有毒，还浪费时间。"

"只需要拿着烟斗摆个样子,"姥爷坚持说,"不用真的吸烟。"

"行啦,别把孩子教出坏习惯来。"姥姥说,"麦克斯韦尔,请递一下薄荷酱。"

制作薄荷酱是姥姥的一大看家本事,什么菜加了薄荷酱都能变美味,所以我吃饭时总是习惯把它放手边。总之,晚餐太好吃了,无论是圣诞节、感恩节还是生日聚餐,姥姥的厨艺无人能敌。我们都把肚子吃得圆鼓鼓的,除了怪物凯文,佳人格温一直在提醒他别吃得太快。

"你们大概会觉得,他是被我故意饿成这样的。"佳人格温说。

"求您了,先生,再来点儿稀饭吧!"他举起盘子,摆出一副搞怪的表情,舌头歪向一边,把姥姥逗得前仰后合,结果她呛得好一阵猛咳,我们吓得不敢吱声了。

吃完晚餐后,我们像其他人过平安夜一样,围坐在一起,一块儿欣赏圣诞树,感恩我们有家可回,这是多么大的福气。姥爷开始讲他小时候的故事,他说,那时的小孩子只要能在长筒袜里找到煤炭,就算是圣诞礼物了。

"如果我们运气好，会得到一个苹果核，"他说，"或者几片橘子皮。"

"行了，阿瑟，"姥姥说，"你这辈子哪儿收到过煤炭呀！"

"你说得对。我们连一块煤炭都没得到过，你能想象吗？我父亲买不起煤，于是他就在一张纸上写下'煤炭'的单词，放进收礼物的长筒袜里，我们就假装那是一块煤炭。当时我们就穷到这种程度。"

佳人格温轻声笑着，摇了摇头。

姥姥对姥爷说："你呀，怎么能在平安夜撒这种谎？"

"我在讲故事，亲爱的，不是撒谎。谎言是卑鄙的手段，讲故事是为了让大家乐一乐。"

于是我们都恭恭敬敬地坐在那儿，听姥爷讲着谁也不信的故事。每个人手里都端着一杯热可可，再从礼盒里拿出一块巧克力放进嘴里。接着，就到了互换礼物的环节。

姥姥有个规矩，她允许我们在平安夜拆一个礼物，剩下的礼物要等到第二天早上才可以拆。所以，选哪个礼物先拆开就成了个纠结的事。姥爷总是抢在第一个，他说他的内心其实还跟小孩一样，实在是急不可耐了。

姥爷打开的是姥姥送他的礼物,是一件前排有扣子的羊毛衫。虽然姥爷大概已经有一百件这样的毛衣了,他还是装出特别惊讶的样子。姥姥打开的是我给她准备的礼物,那是一串贝壳手链,据说是从世界各地的沙滩上采集的。她立马戴在手腕上,还说这正是她想要的。姥姥就是这样一个人,就算你送她一个旧啤酒罐,她也会兴高采烈地收下,还告诉你这很合她的心意。

接着,怪物凯文打开了我送给他的礼物,甚至还没等完全撕开包装纸,他就对我竖起大拇指,说:"很酷。"那是个看起来像折叠刀的小装置,但实际上它是一堆组合,有小螺丝刀、小扳手,甚至还有一个小小的放大镜。我很确信,只要凯文愿意,他就有办法用这个小玩意儿发明一些新东西。

姥姥给佳人格温的礼物是一条围巾,刚好搭配她的上衣,大家都赞叹实在太好看了。终于轮到我了。我一眼便认出了怪物凯文的礼物,因为礼盒不是方形的,而是有个尖尖的顶,就像金字塔一样。他用的也不是一般的包装纸,而是把周日报纸上的漫画剪下来贴满了纸盒。我迫不及待地想知道,一个金字塔形的盒子里到底装了什么东西。

虽然怪物凯文知道里面是什么，他看起来还是跟我一样兴奋。"先把所有的纸都撕掉，"他说，"这个礼物有个特别的打开方式。"

我小心翼翼地撕掉了所有包装纸，发现这个金字塔形的盒子不是买的，而是他自己做的。你能看出来他是怎么切割的硬板纸，并把它们重新粘在一起，金字塔的侧面还标了一些符号和箭头。

怪物凯文说："跟着箭头走。"

箭头指向各个方向，于是我不停地转动金字塔，直到最后，我看到一个机关，上面写着一行字："按这里，有惊喜！"

"继续呀，"怪物凯文催促我说，"呆子，又不是什么爆炸装置，不会把你炸飞的。"

我按下了机关，突然，金字塔的四个侧面同时向下折叠，露出藏在里面的礼物，就像凯文预告的那样，我又惊又喜。

"真是个天才小伙子，"姥爷称赞道，"我可不是管谁都叫天才的。"

姥爷说得对，怪物凯文用橡皮筋和回形针巧妙地固定住盒子，这样，一按机关，盒子的四个面就能同时展开。盒子里面还做了个小平台，平台上摆着一本书。我一眼就看出来，这不是店里卖的普通的书，而是他亲手制作的。看起来非常特别，我都不敢把它拿出来，生怕弄坏了它。

"我把我最喜欢的单词按字母顺序排列在上面了。"怪物凯文说。

"像词典那样？"我问。

"完全正确，"凯文回答，"但又有所不同，因为这是我编写的词典。来，打开看看里面。"

按照他的要求，我打开了书，书页散发着一股圆珠笔墨水的味道。和普通的词典一样，单词从首字母 A 开始排列，但也像凯文说的，这是本与众不同的词典。

A

食蚁兽：一种看起来傻乎乎的动物，以蚂蚁为食。

啊：食蚁兽吃蚂蚁时发出的声音。

算盘：一种由手指驱动的计算机。

横坐标：横着写的真理。

"你不用今晚就把它们全读完,"怪物凯文说,"留几页明天再看吧。不过,我得告诉你,等你看到我编写的字母Z开头的单词,你一定会大吃一惊。"

怪物凯文的词典是最棒的礼物,其他的都成了点缀。

我本以为这个平安夜会睡不着觉,因为我的脑袋里上演着好多画面:姥爷口中的"煤炭"纸片,藏着宝典的金字塔,还有从空中飘落的湿漉漉的大片雪花。当时,佳人格温正拖着"美国飞鸟"牌小推车带凯文回家,凯文假装对她发号施令:"向前,唐纳!向前,达舍!向前,格温娜维尔!"佳人格温叫他闭嘴,否则就把他留在屋外,直到他变成一个小雪人。

这大概就是为什么我做了个梦,梦见一个长得像怪物凯文的小雪人在不停地说:"好冷啊!好酷啊!"等我醒过来时,我感觉到一阵寒气逼进我的卧室。真奇怪,地下室里一向很暖和,因为锅炉就在隔壁烧着呀。

我还听见了风的声音。

可房间里怎么会有风呢?

是人的呼吸声。

一个暗影站了起来,比夜色还要黑,几乎遮住了整个房间的光线。就在这时,一只巨大的手罩住了我的脸,死死地捂住了我的嘴。

"什么也别说,孩子,"他在我耳边低声说,"别吭声。"

我想动弹,想努力缩回床上,可那只手还是紧紧地捂着我。他的手掌又重又硬,我完全动不了,仿佛连心脏都停止了跳动,我屏住呼吸,不知道下一秒会发生什么。

"我回来了,"他说,"正如我承诺的那样。"

16. 他的翻版

我在电视上看到过有人催眠大龙虾,你可能也见过。那个人只是摸了摸龙虾,龙虾就像被点穴了似的,动弹不得。我被他的手紧紧捂住嘴时,也是那种感觉,整个身体麻木了,脑袋空空如也,仿佛世界上只剩下那只大手,还有像北风般冰冷的气息。

"所以那两个老家伙把你关在这儿了?"他低声说,"藏在地下室,眼不见心不烦?"

我还是看不清他的脸,只看见一个巨大的黑影矗立在房间里。

"现在,可由不得他们做主了,"他说,"那帮人鬼话连篇,挑唆父子关系!是时候好好认一认我的亲儿子了。"

他让我坐起来,又示意我保持安静,一声都不能吭。

我绝对不会吭一声,因为我不知道姥爷是不是真的买了枪,万一他真提着枪冲过来,会不会有危险?姥姥曾经梦见姥爷被自己的枪射中,我现在特别担心噩梦成真,我不想看到姥爷因为我出事。

"我知道他们对你说了什么,"他说,"全是一派胡言,你明白吗?我从没杀过人,老天可以给我做证!"

这时我已经从床上坐起来了,他让我把衣服穿上。奇怪的是,这一切对我来说并不意外。不知为什么,我总有预感这一天会到来,他会趁着夜色潜入地下室,等我睁眼醒来,就会看见他站在那里,黑漆漆的身影笼罩着一切,我的脑海里什么都没有,只剩一片空白。

我使不上力气,几乎穿不上鞋。你有没有遇到过这种情况?有时你醒了,可你的胳膊还在睡梦里,几乎动弹不得。我现在浑身都是这种感觉——麻木又刺痛,整个人像气球一样轻飘飘的,就好像我一不攥紧拳头,手臂就会飘浮起来。

"我们俩的冒险之旅开始了,孩子,"他说,"你会体验一生中最精彩的时刻。好了,我们得走了。记住,别吭声。"

地下室的门是开着的，抬头就能看到天上的星星。有的人以为星星近在咫尺，伸手就能摘下来。怪物凯文告诉我，天空就好比是十亿年前的一张照片，上面重复放映着一部很老的影片。其实，有些星星早已不亮了，或者说，它们已经死了，我们现在看到的只是它们过去的影像。仔细想想，的确有道理。总有一天，连重播也会结束，这时你会看到，所有星星都黯淡下来，直到它们全部熄灭，就好比十亿个微弱的小火苗，被风一口气吹灭。

"朝这边走，"他说，"动作轻一点儿。"

积雪虽然不深，还是给地面铺上了一层银色的雪毯。出门时我连外套也顾不上穿，我知道现在很冷，却什么也感觉不到。冷不冷不重要，什么都无关紧要了，姥姥和姥爷、熄灭的星星、怪物凯文和佳人格温，这一切都是我幻想出来的，不过是我做了很久的一场美梦而已。现在梦醒了，一睁眼，那个巨大的黑影依旧占据着整个房间，虽然我们已经站在室外了。

怪物凯文的家已经熄灯了，我在心里默默说道："星星熄灭了。"我不知道为什么这样想，好像脑袋里有个死气沉沉的声音在对我说话。

我们正好站在一盏路灯下,他开口说:"让我好好看看你。"

他的眉毛很浓密,让人很难看清他的眼睛。这样也好,我不想直视他的眼睛,那会让我做噩梦的。

"我的天,"他端详着我,说,"看看这张脸,就像在看我年轻时的照片一样。你真是我的翻版,你知道吗?"

我什么也没说。他伸出手,非常轻柔地抚摩我的脸蛋,就好像他是连一只苍蝇都不忍心下手的人。"我在问你话,孩子,你知道吗?回答我。"

"知道,先生,"我说,"大家都这么说。"

"平安夜,"他说,"你知道这些年来,他们夺走了我多少个平安夜,让我见不到自己的亲生骨肉?你说,这样对待一个人公平吗?把一个被冤枉的人关在里头?"

他等着我回答,于是我说:"不,先生,不公平。"

"现在,这一切都结束了,"他说,"我们俩重新开始,就你和我,孩子,早就该这样。"

我站在路灯下,听不见周围一丁点儿动静,就好像所有人都消失或者死了一样。这片死寂几乎和他的身影一样庞大。他和我一样高,可他身体的每一寸都比我更宽、更厚。不知为什么，也许因为我们离怪物凯文的家不远，我突然有了一个奇怪的念头：他不需要盔甲。

不，他不需要骑马，不需要长矛，不需要向国王效忠，也不需要美人的青睐。他不需要除了他自己以外的任何东西。他就是所有力量的化身，无人能敌，连最勇敢的骑士兰斯洛特也不是他的对手。

他向四处张望，眉头紧锁着说："你知道我看到这样的街区会想到什么吗？我会想到仓鼠。这些人活得就像关在笼子里的仓鼠。他们踩着笼子里的小轮子不停地跑，成天急匆匆地跑，其实哪儿都去不了，一辈子就在原地打转。"

我只是呆立在原地。

"他们在你跟前抹黑我，我知道，"他说，"假以时日，你会弄清真相的。"

他加快步子走起来，我紧紧地跟着他，好像我的双脚自动知道方向。我们穿过几条小巷，朝着池塘走去，池塘的水冻成了冰，被白雪覆盖。明天早上，很多小孩会带着他们的新雪橇和溜冰鞋到这里来玩耍，说不定还会弄丢他们新买的手套和围巾，然后被他们的父母责骂一顿。但今晚，池塘像月球一样荒凉，也像我的脑袋那样，空空荡荡。

一辆车在池塘周围缓慢驶过，我有一种奇怪的感觉，仿佛驾驶座上没有人一样。

他用手指抓住我的衣领，让我赶紧蹲下，直到车子开走。

车子经过时，黑色的车窗挡住了我的视线，我只听见轮胎轧过冰冷的积雪发出的嘎吱声。

"没人看见我们，"他让我站起来，说，"怎么样，刚才是不是挺刺激的？"

我的脚已经知道要去哪儿了——新约屋。那栋旧楼亮着几盏灯，还有几扇窗户的玻璃破了，看起来就像是有把刀劈开了光线。他问我："你知道玛利亚和约瑟夫在伯利恒寻找庇护的故事吗？知道小耶稣是如何在马厩里诞生的吗？"

我想点头，可笑的是，虽然我感觉不到冷，可我的牙齿却直打战，看起来是我的身体快冻僵了，可脑袋还没反应过来。

"我们现在要做的就是这个——找个住处，"他说，"只不过，我们要去的地方并不是什么马厩。"

"是，先生，"我说，"肯定不是。"

他轻轻地摸着我的后颈，说道："我没问你问题，孩子。记住第一条规矩，别顶撞你老爹。"

我把嘴闭得紧紧的。我们正在往新约屋走去，新落的雪把屋顶"漆"成白色，也给院子铺上柔软干净的"毯子"，把整栋楼点缀得好看了许多。一个旧自行车把手从雪地里露了出来，还有地上其他东西都裹上了银装，甚至一辆被架起来的旧车也像是焕然一新，仿佛没有轮子也能飞上天。

就算他没说，我也知道我们要去哪儿。

我们还没走到门口，门就开了，洛雷塔·李站在灯光下，她说："伊基！看看他把谁带来了？"

他说："洛雷塔，向我儿子问声好。看看，他是不是他爹的翻版？"

我们进了屋，伊基在我们身后锁上门，把百叶窗也合上了。洛雷塔穿着一条特别贴身的红裙子，感觉她打个喷嚏，裙子就会掉下来。她说："任务完成了吧？嗯？肯尼？我就知道，要是真有人能做到的话，那肯定是你。"

伊基说："留神你的嘴，洛雷塔。"

"我觉得你喝多了，"我父亲说，"她喝酒了是吧，伊基？我以为我说得很清楚。"

"嘿，今天可是平安夜，"伊基的声音听起来很紧张，他说，"就喝了点儿果酒，能有啥要紧？"

"就是，果酒，"洛雷塔咂着嘴说，"才几口而已。"

她的假睫毛快掉下来了，现在她的眼睛看起来和她的嘴唇一样糊成一团。她不停地对我眨眼睛，还咧嘴笑，所以我看到她的口红都沾到牙齿上了。

伊基说："她没问题，肯尼，我保证。"

"噢，差点儿忘了，"洛雷塔说，"这位已经改头换面了，现在人家叫是'牧师凯恩'，要重新做人，所以哪怕今天是平安夜，哪怕主人待在自个儿家，也必须滴酒不沾，是不？"

"把嘴闭上！"伊基说。他让洛雷塔去破沙发上坐着。洛雷塔斜着身子转过来向我挥手，又眨了几下眼睛。

"给我和我儿子弄些吃的来，"我父亲说，"我们熬了8年苦日子，现在我们饿了，是不是，儿子？"

"是，先生。"我说。

伊基走进厨房去煎了一些汉堡，我们就坐着等他，一句话也不说。洛雷塔蜷缩在沙发里，昏睡过去，表情看起来像是已经去梦里神游了。

虽然汉堡油腻腻的难以下咽,我还是努力把它吃进肚子里。伊基忙前忙后,好像肯尼·凯恩来他家是什么不得了的事情。你都不敢相信他是"平头帮"的老大,要知道,谁都不敢惹这个摩托帮派,甚至连警察也怕他们。

过了一会儿,洛雷塔醒了,她像只猫一样伸了个懒腰,张开血盆大口,打了个大大的哈欠。"我想我需要补个觉。"然后她咯咯笑着,遮住嘴,说,"我想我还需要很多东西。"

我父亲用一张叠好的餐巾纸擦了擦嘴,没有理她。他看着伊基说:"要是你进去了,倒是可以当个厨子。"

"嘿嘿嘿。"伊基紧张地干笑几声,好像在监狱里当厨子很有意思似的。他说:"之前说过的那个地方,你啥时候想去,我随时能带你去。"

父亲站了起来:"现在就去。"他直视着我,说:"走吧,孩子。"

17. 以神的名义

在几栋廉租楼之间，有一条后巷，路人是看不见这儿的。伊基带我们沿着巷子走到另一个地方。这个地方的门被撞破了，锁也被砸坏了，过道黑漆漆的，我们一起走了进去。

灯亮了，我先闻到一股冲鼻的香水味儿，应该是老太太才会喷的那种，夹杂着好几只猫身上的气味。

"看起来不咋样，不过倒是没人，住这儿的老太婆坐灰狗巴士去她妹妹家过节了。"伊基说，勉强挤出一个笑脸。

这间小屋子很暖和，还有点儿温馨，只是家具都破破烂烂的。房间里有一台很大的旧电视机，顶上盖着装饰桌布，上面有一只空的金鱼缸，还有几沓报纸，用绳子捆得整整齐齐，电视机旁的小桌子上放着一本《圣经》。墙上还挂着耶稣的魔术画,他的眼睛会跟着你动,你走到哪儿,他的眼神就跟到哪儿。

"没什么值得拿的。"伊基说。

父亲张望了一圈,确保窗帘都合上了,然后说:"你以为我会偷一个老太太的东西?"

伊基摇摇头,说:"当然不会。"

"不用你操心,"父亲说,"在我们动身之前,这地方还能临时对付一下。"

"我得回洛雷塔那儿一趟。"

"去吧。"

父亲看着伊基关上门,什么也没说。

我站在屋子中间,因为我不知道他想让我做什么。

"自在点儿,孩子,"终于,他开口说道,"我去检查一下有没有后门。"

我正看着进来时的那扇门,只是这么看着,没想到他突然出现在我身后,我能感觉到一阵凉气朝着脖子袭来。

"你不会现在就想逃跑吧?"

"不,先生,我不会。"

"坐下,"他说,"我们得开诚布公地谈一谈。"

我在老太太的椅子上坐下，椅子太软了，我几乎要陷到地板上去了。我在想，那些猫怎么样了，也许她带着它们一起去看望妹妹了，也可能它们被伊基赶出门，再也回不来了。

他把那双大手放在椅子的扶手上，俯身对我说："听着，你的姥姥和姥爷说你不过是个没用的傻孩子，可我知道我的亲骨肉绝不是傻孩子，这是事实。所以头一件事，你得学聪明点儿，用用你的脑子。我们现在有个状况，孩子，要应付这个状况，无论发生什么，你都得完全按我说的做，明白了吗？"

"是的，先生。"

他的手穿过我的头发，虽然没有使劲，但我还是能感觉到他的力气有多大。

"很好，"他说，"非常好。"

他走进另一个房间，我能听到门砰的一声关上，他在里头翻箱倒柜。等他回来时，手里握着一捆绳子。"一个不认识自己父亲的孩子可能会犯傻，会逃跑，"他说，"我们可不能允许这种事发生，是不是？"

"不能，先生。"

"不能，先生，不能什么？"

"我们不能让那种事发生，先生。"

接着，他捆住了我的手和脚，然后把绳子的另一端系在他的腰上。

"我要趁现在眯一会儿，"他说，"如果你是我以为的聪明孩子，你也会闭眼眯一会儿。"

他关了灯，躺在椅子旁边的地板上，只用手臂当枕头。过了很久，我还是分不清他是真睡着了还是在装睡。然后我决定先不想那么多，因为只要我动一下，绳子肯定会扯到他的腰，把他弄醒。

虽然屋子里很暖和，甚至有些闷热，我却感觉我们仿佛被冰牢牢冻住了。我陷在软塌塌的椅子里，没力气起身，手脚被绳子绑住的地方开始刺痛，很快，我的眼皮也抬不起来了。

半睡半醒中，我梦见另一个房间里有只猫在喵喵叫着要喝奶。我还在想着那只猫时，有什么东西扯了我一把。

他坐在一片漆黑中，脸也隐藏在阴影里。他说："该醒了，瞌睡虫。我得告诉自己的亲儿子一些事情，让他真正了解自己的父亲。首先，正如我之前说的，我从没杀过人。

我个子大，你也一样，所以人们就会错误地以为我们会干出格的事情。你明白我在说什么吗？"

"是的，先生，我明白。"

"很好。还有另一件事情，这些年你一直和那两个老家伙生活。我打赌我寄给你的那些礼物，他们从来没给过你，对吧？"

"是的，先生，没有给过。"

他很伤心地摇了摇头，说："不把父亲的礼物给他的孩子，真是一种罪过。我猜你也没有收到我寄给你的信吧？一定没有，如果他们连礼物都没给你，那肯定也把信撕了，罪加一等，一点儿人情味也没有。他们从见我的第一眼就讨厌我，因为我的外貌，因为他们觉得我还不够好，配不上他们的宝贝女儿。一个男人只因为长得像凶神恶煞，就被人责难，可实际上他的内心却充满了慈爱。我就是这样的人。我连看悲伤的电影都会哭，我也不怕别人知道。"

街灯的光刚好透过窗帘，让我看清他转向光线的那边脸。我看见他用手抹去了脸颊上的泪痕。

"我像畜生一样被关了起来，"他说，"每个夜里我都是哭着睡着的，这是事实。'杀手凯恩'，那个污名只是他们恶意败坏我名声的手段。学校里的孩子坏起来比动物还可怕,是吧?只不过那些人不是孩子,而是成年人,他们本应分清善恶,却因为无知和仇恨而冤枉好人。"

他的声音有些嘶哑,但你忍不住想听他说下去。你的心情跟着他的话上下起伏,仿佛在山里行驶,看不见车的两侧,只能看见前方的路。

"我遭受了极大的不公,孩子,"他说,"是那些人干的,他们偷走了我的人生,夺走了我好几年的光阴,每个夜里,我睁着眼睛想着这些不公的遭遇,就心如刀割。那些人想把世上所有的罪名都归咎于我。我说的就是她的父母,那两个老家伙总是对我怀恨在心,当然还有警察,他们没能发现事情的真相。"

他停顿了一下,抹掉眼泪。从他说话的声音里,你听不出他在哭,但他的脸上的确挂满了泪珠,在惨白的灯光下,闪着晶莹的泪光。

"我刚才醒来时心里很忧虑,担心你在疑惑为什么我从没提起她,也就是你的母亲。可能你还被蒙在鼓里,以为事实就是他们告诉你的那样。你那时才一丁点儿大,怎么可能了解真相呢?"

说完，他起身向电视机旁走去，他腰上的绳子拉扯着我。他回来时，手里拿着一本书。

"你知道这是什么吗，孩子？"

"《圣经》。"我回答。

"你在黑暗中也能看出来，是吗？那很好。现在，我要把右手放在这本《圣经》上，看到了吗？"

"是，先生，我看到了。"

"我现在把另一只手放在我的心上，你看到了吗？"

"是的，先生，我看到了。"

"很好，孩子。现在，你听好了。我，肯尼思·大卫·凯恩，以主的名义发誓，我没有杀害这个孩子的母亲。如有半句假话，我愿天打雷劈，让主把我带走。"

我屏气等待，想看会发生什么，可什么也没有发生。屋子还是原来的样子，散发着老太太的香水味儿和失踪猫咪的气味，我的手脚也仍然被绳子绑着，绳子系在他的腰间。

"满意了吗？"他问。

我想回答他，但我的喉头很紧，嘴里干燥得几乎张不开。我满脑子都在想，他的手放在那本《圣经》上该有多重。

"我在问你呢，孩子。"

"是的，先生，"我说，"我满意了。"

之后，他躺了下来，很快又响起了沉重的呼吸声。我却怎么都睡不着，像一个木头人一样干坐到太阳升起，努力不去回想那些我不愿意记起的事情。

18. 警察找上门

我在等着什么事情发生。除了我，全世界都在安静的睡梦中，他沉重的呼吸是唯一的声音。天空终于露出一丝晨曦，我试着想透过窗帘看看窗外，可雪花粘在玻璃上，一切都很模糊，这差不多也是我心里的感受。

我低头看见他躺在地板上，整个身子盖住了地毯，想起以前听过的一个故事，一群小矮人趁着巨人睡着的时候把他绑了起来。可我什么也没做，我只是坐在椅子上的木头人，手脚麻木得快没知觉了。

过了一会儿，屋子后面传来一阵动静，伴随着一阵轻快的脚步声，把父亲惊醒了，他猛地起身，差点儿把我从椅子上拉起来。

他站在那里，眼神凶悍逼人，盯着轻手轻脚进屋的洛雷塔。

"圣诞快乐,男孩们。"她说道。她的手里捧着一个比萨盒,就像伸手捧出圣诞礼物一样。

"伊基在哪里?"我父亲问。

"他在等圣诞老人呢,"洛雷塔说,"今儿早上哪里都不开门,幸好我们还剩下一点儿这个,欢迎你们享用。"

"你最好把它放下来。"他说着,拉着绳子把我往上提。他冷冷地看着她,说:"你去叫伊基来。"

洛雷塔穿着一件干净的冬款长外套,看起来是崭新的,有可能是专门为圣诞节买的。但她的细腿露在外头,光脚穿着一双旧橡胶靴。她手拿香烟,一边吞云吐雾,一边眯眼看着我父亲,像是在琢磨他在想什么。

"你为什么不能对我好点儿,肯尼?"她说,"过去我们不是相处得很愉快吗,还记得那些旧时光吗?"

"旧时光已经过去了。"他回答,"这就是你给我们找来的最好的东西,吃剩的比萨?"

"嘿,比萨对你有好处,"她说,"里面有维生素什么的。"

"我还是要见伊基。"

洛雷塔长吸了一口烟，歪着嘴笑了起来。她的眼睛不时瞥向我，看了几眼捆住我的绳子，不过大部分时候，她都在看我父亲。"伊基很快就会起来，"她说，"他昨晚睡得很不好。"

"我有正经事要和他谈，洛雷塔，"他说，"很重要的事。"

"那是自然。"她说完，便转过身，踩着靴子从后门离开了。

比萨盒就放在桌上，可父亲说我们不能吃她的脏手碰过的任何东西。于是，他带我走到黑漆漆的小厨房，解开了我的绳子。我们翻遍了橱柜，基本上都是一些李子干和放久了的谷物早餐。冰箱里的东西几乎都变质了，我只好用水泡了一碗玉米片。我肚子太饿了，竟然连这东西都吃得下。

"这就是所谓的临时处境，"他说，"我有一个办法，能让我们过得像国王一样要什么有什么，只要我们按计划行事。"

他停顿了一下，紧紧地盯着我，像是要知道我的真实想法。"我们一起去更暖和的地方生活，你觉得好不好，孩子？"

"好的，先生，我同意。"

他思索了好一会儿，然后对我说："我用了大把时间，把这一切都计划好了。我花了很多心思去研究人性，琢磨人的行事动机。首先，我们得弄一辆房车，得是个大房车，因为给人留下好印象非常重要。然后在车身上贴上'肯尼思·大卫·凯恩牧师'的牌子，或者为了安全起见，我们可以换个名字。你有没有猜到我是个神职人员呢，孩子？光看我的样子，你能猜出来吗？"

"是的，先生，"我回答，"不，不是先生。"

"这是什么意思？"

"我不确定，先生。"

他伸手揪住我的头发，说："你会明白的。到时，你就穿着整洁的西装，站在房车前拿篮子收钱。你根本不用偷，因为人们会自愿给神的使者捐钱，而且他们特别乐意听到一个坏人救赎自己的故事。我在狱中学会了如何对那些文盲犯人传达神的旨意，外面的人其实也并不比他们聪明多少。放心吧，我们的日子会过得风生水起。"

我吃完玉米片后，他又把我用绳子捆起来。

"只是以防万一,"他说,"在你接受真理之光前,我们不能冒这个险。你愿意追随光明吗?"

"是的,先生,我愿意。"

他咧嘴朝我笑起来,用手指戳着自己的胸膛,说:"看好了,孩子,我就是真理之光。什么时候都别忘了。"

他打开电视,可信号很差,屏幕上全是雪花,他不停地换频道,骂这老太太的电视实在太烂了,只看得到圣诞节的节目和卡通片,他却想看新闻,看看我们有没有上电视新闻。

"我敢打赌,他们甚至还没发现你不见了,"他说,"把你关在地下室,像关畜生一样,他们怎么可能知道你在不在!"

我们正坐着等着伊基,隔着窗帘,外头忽然闪起一阵蓝色的警灯。他迅速抓住我的脖子,把我按倒在地板上,我们俩都躺了下来。蓝色的灯光移动得非常缓慢,一闪一闪地绕着屋子周围转。

"也许是在找别人,"他说,"在这种地方,任何人都很可疑。不过,我们还是得小心为上。"

等灯光停止闪烁时,他匍匐着爬到窗边向外观察。

"没有什么比笨警察更蠢的了。"他说,"如果他们够聪明,也就不用在圣诞节还上班了,是不是这个道理?"

"是的,先生。"我说。

"你安静点儿,孩子,让我想想。"

我的手脚被绳子捆住,躺在地板上,这时,伊基从后门悄悄地溜进来。

我知道是他,因为我听出他拖沓的脚步声,还有他脚上的靴子重重落地的声音。

"肯尼!"他低声说,"你在吗?"

"我当然在,"他说,"出来吧。"

伊基走进房间,他的眼睛四处扫视。一开始,他看到我被绑着很惊讶,然后他耸耸肩,不再朝我看。"好险,"他说,"你看到那辆警车了吗?"

"我看到了。"

"他们直接开到我家门口找你,孩子,"伊基说,"我告诉他们,没有搜查令别想看我床底下藏的东西,但我让他们从门口好好看了看,证明你们不在那里。"

"他们信你?"

"谁知道警察会怎么想。"

我父亲把手臂搭在伊基身上,用力捏了他一把,伊基那双小眼睛瞬间充满了惊恐,藏在他胡子里的湿漉漉的嘴也张开了。"你出卖我了,是不是?"我父亲说,"这个镇上有多少地方都不去,偏偏去你那儿?"

伊基干笑了一下,听得出来他非常紧张。"是那个瘸腿小矮人,"他说,"他们把他带在车上。一定是他,洛雷塔看到他从座位上探出头来了。"

是怪物凯文。

"什么小矮人?"我父亲问,"你以为我这么好骗?"

伊基指着我说:"你问他,是不是他的小矮人朋友。他们俩偷了洛雷塔的钱包,所以警察才知道这个地方。我对天发誓这是真的,肯尼。"

我父亲跪下来,凑近看着我。他的脸上什么表情都没有。"那么,"他说,"你来解释一下?"

"我们没偷钱包,"我说,"我们只是把它还回去了。"

"哦,"我父亲说,"真是个有趣的故事。我喜欢这个故事。"

接着伊基说得很快,仿佛他迫不及待要把话说完,然后离开。"那个瘸腿小矮人是格温的小孩。记得格温吗?她和你老婆以前是朋友，这是洛雷塔说的。"

我父亲把手放在伊基身上，把他推倒在老太太的椅子上。"别提她了。警察怎么找上你门的不重要，重要的是你已经被他们盯上了。现在，我们该怎么办？"

伊基抓挠着他的胡子，正要说什么，我父亲说："闭嘴，让我想想。"

伊基闭上了嘴。他时不时偷看我几眼，好像在用眼神向我暗示什么，但我猜不出来他想说什么。

过了一会儿，父亲说："头一件事，你去给我弄一把枪来，小巧但实用的那种，然后是交通工具。我不在乎是什么车，只要能跑就行。你能为我搞到这些吗？"

伊基说他能，没问题。

"那就快去，"我父亲说，"越快越好。"

伊基倒退着走出了屋子。我父亲用绳子提起我，说："我知道你不会浪费时间和一个瘸腿小孩一起偷钱包。瘸子不能信，我猜你现在明白了，对吧？"

他扯了扯绳子。

"是的，先生，我明白。"

19. 黑暗地下室

我们只得离开老太太家，因为谁也说不准，警察会不会挨家挨户地敲门寻人。

"他们就像虫子一样，"我父亲说，"不太聪明，但是数量多，而且会死盯着人不放。"

小巷的另一边是一栋被木板封起来的建筑，这栋楼原本是新约屋的一部分，后来被一场大火烧毁了。父亲决定我们先躲到这里去，一直待到伊基给我们弄来车。

他伸手一把撕下一大块三合板。钉子拔出来时发出尖锐的声音，听起来像猫在打架，没想到紧接着，真的有一只黑猫跃过三合板猛地蹿出来。我父亲吓得蹦了起来，绳子一下子把我拽倒在地，我磕伤了头。

"该死的蠢猫，"他说，"起来吧，只是破了点儿皮，怕流血可不是真男人。"

不怎么疼,而且不知怎的,我还挺喜欢血流进嘴里的咸味,它让我清醒过来。

"进去。"他一把拉着我穿过那扇被火烧过的旧窗户,走到了大楼内部。

楼里黑漆漆、湿漉漉的,到处渗水,楼顶还破了个洞,只有从那儿飘进来的雪花是洁白的。大部分内墙都烧没了,楼的顶梁柱被火烤得焦黑。老旧的管道和电线全都耷拉下来,脚下到处都是被烟熏过的碎玻璃碴儿。

"我曾经好奇地狱究竟长什么样,"他说,"现在我知道了。"

他找到了一个地方,那里的楼梯通向地下室。他扒开横七竖八的木板条后,对我说:"你应该有回家的感觉了吧?这里和关着你的地下室一个样儿。"

四周太暗,他不得不掏出打火机,可是火焰小得可怜,靠这点儿微光,你依然看不到楼梯的尽头。"你先走,"他说,"我们不能两个人同时站在一个台阶上。它可能会断。"

台阶是厚木头做的,但这么多年的水滴在上头,木头已经泡得酥软湿滑,我的脚一踩上去,就感觉它变形了。

楼梯有个扶手,可是我的手被绑着,很难抓住扶手。他把打火机举得很高,根本没什么亮光,还不如直接把眼睛闭上算了。

我滑了一下,身子止不住地往下溜,他一把拽起绳子,我就这样悬在半空,双脚乱蹬。他说:"慢一点儿,孩子。我们得一步一步来。"

我们总算走下了楼梯,到了地下室。地下室有一扇很窄的窗户,刚好透进来一束微弱的光线,能让我们摸索着避开从楼上地板里掉下来的烧焦的杂物。

"住宿条件本可以更好,"他说,"我知道。等伊基搞定我要的东西,我们就立刻动身。"

他又绑住了我的脚,把绳子另一端紧紧地绕在一个翻倒在地的破锅炉上,这样我就动不了了,也看不见我背后的东西。

"我现在还不能完全放心你,别怨我。"他说,"等咱们一上路,事情就好办了。每离这地方远一点儿,你就会变聪明一点儿。"

他撕下我衬衫上的一片布,绑在我的嘴上,以防我叫出声,他说这样我就不会吵醒邻居。他再次轻轻地抚摸我的头发。虽然四周很昏暗，我还是很确定，他脸上露出了温柔的笑容。"你就在这儿安静地坐一会儿，"他说，"我得去见个人，商量车的事。"

随后，他便消失在黑暗里。我尽量一动不动，不确定这是不是他要的把戏，也许他正在背后悄悄地盯着我，看我会不会试图解开捆住手的绳子。可其实我做不到，因为绳子勒住了我的手腕，我的手肿了起来，失去了知觉。最后我不再挣扎，只是坐在那里，让我的眼睛尽快适应黑漆漆的地下室。

那扇窗户太狭窄了，窄到只能让猫钻出去，我几乎不可能从那儿出去。窗户下面是一大堆堆积在墙根的煤渣。我听见头顶上方有嘎吱的动静，是他在四处走动，他努力让自己的脚步轻一些。

我听着他在楼上走动的脚步声，还想尽力透过那个小窗户看看外面，正在这时，有什么东西挡了一下光线。我几乎可以确定有刮擦声从窗户那边传来，不过在黑暗里，你很难确信自己到底听见了什么。接着，这个不知是什么的东西走了，我猜可能是一只猫，也可能是一只狗在周围嗅来嗅去。我只能保持不动，因为我越挣扎，绳子勒得就越紧。

随后,我听见有个人蹑手蹑脚地走下楼梯,紧接着,一只手电筒亮了起来,还有一个女人的声音:"你在那儿吗,孩子?"

是洛雷塔·李。

因为嘴被堵住,我没法儿说话。我只能尽可能踢到四周的东西,让她知道我在这儿。她的声音很轻,还在发抖,听得出来,她很怕这个黑漆漆的地方。"孩子?快告诉我,是你吗?我的老天呀,我到这下面来做什么?"

手电筒的光束正好打在我的眼睛上,她差点儿被地上的杂物绊倒,好不容易跟跟跄跄地走到我面前。她扯下绑在我嘴上的布,我深深地吸了一口长气,吸得肺都痛了起来。

"这不对,"她低声说,"把自己的孩子绑起来,这不对劲。他不是我记忆里的那个人,绝对不是。"

我想说点儿什么,却不知道说什么好,而且我的嘴巴特别干。她把手电筒向上放在地板上,想帮我解开绳结。

"这个人在打结这件事上简直是天才。"她说。

她胡乱地摸索着绳子,我能感觉到她的手在颤抖,我还听到楼板上面的嘎吱声,但不知道是不是风的声音。

洛雷塔说:"我们的计划是,伊基在外头牵制他,我下来给你松绑,这个计划不错吧?现在上面的警察多得能干仗,只要逃出这个鬼地方,我们就安全了。"

她手忙脚乱地拉扯着绳子,动作很急促,可是绳结却越来越紧。最后,她想到用锅炉的锋利边缘割断绳子。"我在电影里见过这一幕,"她轻声说,"忘了是哪部电影了。"

她开始用那个破旧锅炉锋利的口子磨绳子,果然,绳子被割断了。不过,这还不够,她还得再割断两根绳子,才能给我的手腕解绑。我的手脚又麻又肿,几乎帮不上她什么忙。

"现在轮到脚踝上的绳子了,"她说,"我肯定没法儿把你背出去。等我解开绳子,你觉得你能自己走路吗?"

"可以,女士。"我回答道。

这让她咯咯笑起来。"哟,咱俩怎么瞬间这么彬彬有礼了。"她说,"好了,这下应该可以了。"

我的脚被松开了,我试着站起来时,还得靠她扶我一把。她说:"等一下,亲爱的,让我拿一下手电筒。"

她弯腰去捡手电筒,却忽然从喉咙里发出一阵奇怪的声响，像是被什么东西卡住了。

是两只大手，紧紧地扼住了她的脖子。我看到了我父亲，他巨大的身影从黑暗中降临，双手掐着她的脖子，用力把她向后拖。

"愚蠢的东西，"他说，"别用你的脏手碰我儿子！让我来教你重新做人。"

洛雷塔一句话也说不出来，她跪倒在地，试图掰开他的手，却只是徒劳。她阻止不了他，他正在徒手将她往死里掐，没有人能阻止他，没有人，没有人。

20. 大显身手

即使是像我这么傻的傻瓜也知道,没人能阻止得了杀手凯恩,可我还是要尽力阻止他。我的手脚还很麻木,连路也走不了,我唯一能做的就是直接倒在他身上,用最大力气把他从洛雷塔身上撞开。

我大声喊道:"住手!我看见你了!我看见你了!爸爸,求你住手吧,求你了!你会掐死她的!"

他只是一把甩开了我。他仿佛是一具铜墙铁壁铸成的机械人,咬牙切齿地死死扼住她的脖子。洛雷塔不停地翻着白眼,渐渐不再挣扎了。

我用尽力气挤到他们中间,拼命喊:"我看到你杀了她!我看到你杀了妈妈!我从没忘记过,永远忘不了!我知道是你干的!我知道!"

我仿佛被困在水下，身体很虚弱，整个人轻飘飘的，我阻止不了他，我没办法让他的手指从我妈妈的脖子上松开，从洛雷塔的脖子上松开。过去和现在都重叠在一起。此刻，他正在对洛雷塔·李做同样的事，就像他对我妈妈做的那样，把她掐到没有了呼吸！同样杀人的眼神，同样冷酷的目光，因为他只想要她死，就像他想要妈妈死一样，为了他想要的东西，他可以什么都不在乎。

我在黑暗里拼命推他。光线照射在她的眼睛上，我看见她在注视着我，感觉她离我那么遥远，仿佛我又回到了4岁那年，我躲在卧室门后看到同样的一幕，我冲出来用小小的拳头捶他，可仍然眼睁睁地看着妈妈眼里的光一点一点地消逝。

我无法让他松手，我只能继续尖叫："我知道你杀了她！我看到了！我看到你做了！你杀了她，我永远也不会忘记！"

最终，他似乎怔住了，猛地回过头，我感觉到他在看着我，接着他松开了手。洛雷塔滑倒在地上，像一只受伤的小鸟躺在黑暗的角落里艰难地喘息。

"什么？"他把手伸向我，说，"你刚才说什么？"

"我看到你动手了，"我说，"我看到你杀了妈妈。"

"你那时才 4 岁。"他说。现在他的大手开始缠绕在我的脖子上，只不过他是轻轻地抓着我。我能听到他的心跳，还有冰凉的气息拂过我的脸，让我感觉很困。"你不可能记得那件事，"他说，"你以为你记得，但其实你不记得。"

"我能，"我说，"我记得。"

"那是他们给你的脑子灌的毒药，孩子。你被洗脑了，所以你以为你记得。"

他把我拉近，轻轻地抓着我的脖子，现在我能感觉到他手腕的脉搏在跳动。

"他们从不跟我说这件事，"我说，"不需要他们说，因为无论我怎么努力，我都忘不了。"

"不，"他的脸紧紧地贴着我，我能感觉到他浑身发烫，"不可能，你不可能记得。"

"你穿着棕色灯芯绒裤子，"我的语速很快，快到我感觉心脏在不停地颤抖，"还有那件无袖黑色 T 恤衫。我想阻止你可我做不到，你把我抱回我的房间，把我放到床上，告诉我那只是我做的一个梦。你把我锁在房间，我跑到窗户那里，徒手砸破了玻璃，拼命喊人来救妈妈。"

我父亲叹了口气,说:"孩子,我希望你没有那样做。这让我坐了好几年牢。"

"他们抓住你了,爸爸,你本来要在里面关一辈子,可是你骗过了他们,所以他们才让你出来的。"

"我得把这摊事收拾干净,"他似乎在对自己说,"都收拾干净,然后离开这里。"

话音刚落,他的双手迅速扣紧我的脖子。我拼命反抗,可在他面前,我是那么弱小,没有人能阻止他,没人能阻止杀手凯恩。

他掐住我的喉咙,越来越紧,越来越用力。

我仿佛灵魂出窍,迷茫地缓缓向后倒去。这时,我听到窗户破裂的声音,还有一个很轻的声音从遥远的地方飘过来,他说:"把手举起来,恶棍!"我真的倒下了,空气瞬间涌进我的肺里,压得我生疼。

我斜着身子躺在那儿,看见了凯文。他从地下室的窗口滚进来,落在了煤堆上,正试图站起来。

"我向你发出警告!"他用他特有的勇敢坚定的语气说。

他手里握着一把水枪,是那种大型喷射模型枪,可以装三四升的水。

杀手凯恩回头看了看我,又看了一眼躺在地上呻吟的洛雷塔,然后又看向凯文。他摇了摇头,说:"我知道真枪长什么样,你这个小怪物。"

他伸手想抓住凯文。凯文往后退了几步,他没法儿跑起来,就算真的能跑,他也无路可逃了。

"这就是你的犯罪同伙?"凯恩对我说,"看样子你真是个傻孩子。"

凯文把水枪对准他的脸,说:"猜猜我圣诞节收到了什么,凯恩先生?猜中对你很重要,因为这关乎你的性命。"

杀手凯恩没说话,只是慢慢地伸出手,因为他知道凯文逃不掉。

"这把水枪,"凯文说,"还有一套化学试剂盒,这就是我的圣诞节礼物。"

杀手凯恩打量了一下那把水枪,摇了摇头,像是说:"你骗不了我。"

"硫酸,"凯文举起枪,瞄准目标,说道,"可靠的老朋友H_2SO_4,一种油状无色腐蚀性液体,用于制造染料、油漆、爆炸物,做许多化学实验。"

凯恩说:"你在撒谎,小崽子,你骗不了我。"

就在这时,凯文扣动扳机,枪里的液体正好喷射到他的眼睛里。凯恩惊恐地高声尖叫,疯狂地用手揉眼睛。这一声尖叫像是忽然把我从梦中唤醒,因为紧接着,我就发现自己一把抱起凯文,在黑暗里朝楼梯的方向狂奔。虽然我的脚什么也感觉不到,我还是拼了命地跑。

"快!"凯义喊道,"他就在你后面,快跑!"

我没法儿回头,但我感觉他就在我身后,我的后脑勺儿感到一阵阵凉意,是他冰冷的呼吸,他的双手在空气中挥舞,他想逮住我。于是我飞一般地跑上了楼梯。

木板楼梯被我踩断了,我听见他在我背后生气地吼叫,他的双手一把抓住我的脚踝。下一秒,我踢着腿奋力挣脱了,接着我们冲出地下室,飞奔上一楼。我看到阳光从封起来的三合板缝里透了进来,于是我用手臂护着凯义,砰的一声,我们径直冲破了三合板!

阳光照得我睁不开眼睛,我们在白茫茫的雪地上翻滚了好几下。

不知从哪儿冒出来一双手,突然抓住了我,我反抗着想挣脱。

"没事了,"一个声音说,"没事了,孩子,你们已经安全了!"

是伊基·李。他双眼通红,正俯下身子看着我。看得出来,他一定紧张地把嘴边的胡子都嚼秃了。我坐在雪地上,眯着眼睛看着伊基和那些警察,他们的阵势很大,看起来像是百万军团。怪物凯文发疯似的大笑着说:"起作用了!他上当了!肥皂水加醋和咖喱粉!居然奏效了!"

当时我听不懂他在说什么,后来我才明白,水枪里根本不是硫酸,不过是装了肥皂水、醋和咖喱粉,可杀手凯恩却以为他的眼睛被硫酸灼伤了,警察在给他戴手铐,把他推进警车时,他还在疯狂地揉眼睛,求他们帮帮自己。

我的脑袋里只能想到一件事——可怜的洛雷塔。我告诉警察,她还在地下室里。我害怕没人听我说,但他们一定是听到了,因为马上就有人把她从地下室里抬了出来。伊基喊着她的名字,冲她跑了过去。

"她还有呼吸。"我听见有人说。

我看见了姥姥正努力穿过警察围起的人墙,紧随其后的是姥爷,格温也来了。所有人都大呼小叫地跑过来,尤其是姥姥,她一把搂住我,力气大得我都快喘不上气来了。

佳人格温也紧紧抱住凯文,说:"我告诉过你要待在车里,是不是?是不是?"怪物凯文越过她的肩膀望着我,我也越过姥姥的肩膀望着他。格温把他带走时,他冲我竖起了大拇指。

"怪物骑士!"他说,"怪物骑士再度大显身手!"

21. 自然界的异类

我们得去警察局做笔录,到了那儿,他们就给我脖子上的瘀青拍了一堆照片,还坚持让我照 X 光验伤,于是我们只好又跑了趟医院,再折回警察局,这过程差不多跟被绑架一样让我神经紧张。

第二次去警察局时,姥爷正坐在一个房间里等我,他对我说:"我走出地下室,一眼就瞅见雪地里留下的两串脚印,你不知道我当时心里是什么滋味……不用说,我心里就知道是他干的。"

姥爷坚持让姥姥先回家,姥姥确实也得回去,因为我们在警察局待了好几个小时,他们让我一遍又一遍地陈述事情的经过。到最后我都快受不了了,要是再来个人问我半夜醒过来是怎么被绑走的,我会直接昏过去。

姥爷只是不停地拍着我的胳膊，对我说："这很重要，麦克斯。说不定这次他们会让他在监狱里蹲一辈子。"

大家都这么说，他们说这次凯恩终于被逮个正着，说他违反假释规定、违反限制令，绑架未成年人，还有两项谋杀我和洛雷塔未遂的罪名。对了，洛雷塔被新闻报纸的记者称赞为"英雄骑手宝贝"。

听说她伤得挺重，被凯恩掐裂了脖子里的一块骨头，不过只要好好休养，她就会好起来的。那次在医院的等候区，我看到了伊基，他很担心洛雷塔，担心得都快把胡子嚼秃了一块。这么看来，他也不算是个十足的坏蛋。

这一切都证明了姥爷经常对我说的话——你不能总是以貌取人。

这个圣诞节真是够奇怪的，你应该能想象得到，姥姥一直大惊小怪地在我耳边唠叨，还不让我继续睡在地下室的房间。

"我不管他是不是被关起来了，反正就是不行。"姥姥说。

姥爷说，请哄哄这个女人吧，她都快担心死了，于是我就搬到楼上，睡在折叠床上。到了晚上，姥姥还会过来看看我在不在那儿,真是烦人,可没办法,她就是容易操心,而且说实话,我也不怎么愿意一个人待在地下室了。

至于怪物凯文,听说那天佳人格温带他回家后气得快发疯了,毕竟凯文不听他妈妈的话,偷偷溜出来救我。不过,佳人格温很快就冷静下来,只是看着凯文,摇了摇头。

"我该拿你怎么办呢?"她问。

"把我送人领养吧,"凯文回答,"我想去跟沃尔顿一家住。"

沃尔顿一家是一档经常重播的电视节目里的人,怪物凯文当然是在开玩笑,可佳人格温并不觉得好笑。

"别再参与什么疯狂探险,也别再执行什么危险任务了,小伙子。你现在得非常当心,"格温反复说,"特别当心。"

她说的是凯文时而出现呼吸困难的情况,因为他的内脏长得比骨骼快。其实他的骨骼压根儿就没怎么长。

这段时间,怪物凯文每隔几个月就要去医学研究所,他说这事让他挺苦恼的,倒不是说真的会疼。

"斯皮瓦克医生说,我是基因异常的奇迹,所以医学界都在关注我,"他用一种自豪的语气说,"全世界的医学专家都熟悉我这个病例。"

"那个秘密手术怎么样了？"趁佳人格温听不见我们说话时，我赶紧问他，"就是那个能让你拥有机器人身体的手术。"

怪物凯文的脸上露出像科学家那样冷静严谨的表情，然后重复他一直说的话："仿生研究仍在进行，我的朋友。相关工作一直有进展。"

我不知道为什么一直问他这个问题，我想是因为害怕吧。你是不是以为我会像凯文那样想到手术还能镇定自若，毕竟即将获得新的仿生身体的人是他而不是我？可其实只要一想到这个手术，我就坐立不安，烦得快要团团转了。

我一直和姥姥说，在怪物凯文去医院做检查的时候，我也不想去学校，因为我们是好搭档，但是姥姥不同意。

"我知道凯文对你帮助很大，"她说，"但你也有自己的头脑，不是吗，亲爱的？"

是啊，才怪。

圣诞假期后，学校里还有件事和以往不同，那就是我和凯文的照片登了报纸，还上了电视，一下子成了大家羡慕的对象。英语课的多内利老师给我们起了个名字，叫

"动力二人转",她从报纸上剪下我们的照片,贴在班级的布告栏上。你猜怎么着,第一天就有个傻瓜在我们的照片上画了几撇胡子。

怪物凯文说他的胡子看起来很酷,他迫不及待想要长出胡子,他还让多内利老师留着那张照片。我呢,我恨不得忘掉整件事情。我真的很讨厌在法庭上当庭做证,把事件从头到尾说一遍,可大家都说如果想让他在监狱里关一辈子,我就必须这么做。我也希望他一直关在里头出不来,尤其当我想起可怜的洛雷塔,她只是过来救我,他却想要她的命。

"如果你不愿意,他们是逼不了你的,"凯文说,"儿子没有义务做证控告自己的父亲。"

"姥爷觉得这样对我有好处。他特别担心那家伙会再次逃脱,或者用《圣经》里的话骗过陪审团。"

"姥爷太多虑了,"凯文说,"大家都担心过头啦。"

凯文的判断是对的。就在审判即将开始前,我紧张得快把指甲都啃掉了,这时姥爷接到一个电话,只见他在那儿兴奋地挥舞着拳头喊:"太好了!太好了!"

事情是这样的,他们达成了认罪协议,凯恩向法庭认罪，不再上诉。这意味着他不仅要服完原判的刑期还要额外再服刑十年。

"他出狱的时候已经是个老头儿了，"姥爷说，"比我还老的老头儿。"

我应该为此感到高兴，可我却有一种奇怪的感觉，还是很惴惴不安，姥爷还以为他什么都知道，只对我说慢慢习惯就好。

"那个家伙是自然界的异类，"他说，"你从他那里继承的只有外貌和体格。你拥有你母亲那样善良的心，这才是最重要的。"

我一直在思考一个奇怪的念头——万一哪儿出问题了，我也长成了自然界的意外产物，该怎么办？

有一天临睡前，姥爷见我在琢磨这些，便坐在折叠床的床边对我说："麦克斯韦尔，很多事情呀，等你长大了以后自然就明白了。现在你只要好好睡觉，别让臭虫咬到你就行。"

我知道姥爷是好心安慰我，可他有时就爱说蠢话。因为让我担忧的不是别的，正是长大这件事呀。

22. 记忆只是头脑的发明

"春天催生万物,"怪物凯文说,"我们也在成长。"

这天是学校放春假的日子,我俩从很远的地方往家走。迄今为止,我已经用肩膀背着他走了将近一年。我们把这称作"行走江湖",虽然我们怕佳人格温生气,最近都没有执行任何危险任务,怪物凯文却没有真的放下屠龙的念头。

"整个世界真的绿意盎然呀,"他说,"你还记得冰河时代的情景吗?那时冰川覆盖地球,剑齿虎在刺骨的寒夜里徘徊。"

"呃,不记得,"我说,"我怎么可能记得呢?那时我还没出生呢。"

"别傻了,"他说,"记忆只是头脑的伟大发明。"

我问:"什么意思?"

"意思是，只要足够努力，你就能记住任何事，不管它有没有真实发生过。就像我能记得冰河时代是什么样。我一直尝试发明东西，比如轮子、中央供暖、室内管道，可尼安德特人呢，他们只满足于生一堆篝火，披件皮毛大衣。"

你猜到凯文正在阅读一本关于冰河时代的书？恭喜你，猜对了。他现在认为每个灌木丛后面都藏着一只剑齿虎，尽管到目前为止，我们只遇上过流浪猫，只有一次跑出来一只臭鼬。幸亏我跑得快，否则我们就得泡在番茄汁里，只有这个办法，才能除掉臭鼬放出来的臭气。

"没有铜线和磁铁，发明电力会很困难，"怪物凯文说，"不过我能发明指南针——你只需要摩擦那根针就行了。这样一来，每个人都能朝南走，远离冰川。"

"首先你得发明一个时间机器，"我说，"这样你才能穿越到那里，用室内管道的问题折磨所有的洞穴人。"

凯文回答我："如果你知道如何运用记忆，就不需要时间机器了。"

他说这话时，我还在努力琢磨他的意思。那一刻的情景，永远留在我的记忆里。

放假后再过几天，就是怪物凯文的生日。佳人格温已经明确表示，他不会得到乘坐航天飞机的机会。

"13岁生日应该是很特别的才对，"凯文说，"你至少可以把我的名字加进名单里吧。或者这样也行，你送我一个线性加速器，很小一个就行，这样我就能用它分裂几个原子，怎么样？"

佳人格温说："我看呀，你马上要长成个讨人嫌的少年了。"

其实，这个生日来得正是时候，因为"怪物骑士"也马上要过1岁生日啦，一举两得！

"真是神童呀，"怪物凯文说，"'怪物骑士'才1岁就要上九年级了。"

每次我们这么调侃时，佳人格温就会翻个白眼。怪物凯文说不指望她理解，因为只有我们才明白"怪物骑士"的组合有多么重要的意义。

总之，生日派对只是家庭聚会，因为怪物凯文不能太兴奋，这就像不让月亮绕着地球转一样离谱。

"去年生日我收到的礼物是鸟翼飞行器，"他说，"今年为什么不能是直升机呢？当然得来真格的，你总不能指望一个青少年还喜欢玩玩具吧。"

"你怎么不说要喷气式飞机呢?"佳人格温揶揄他。

"酷,"怪物凯文说,"那就请送我一架里尔喷气机。"

他真正会得到的礼物——佳人格温要我保密——是一台新电脑,就是他在电脑杂志上看得眼睛发直的那款。它配备了调制解调器,这样,万一他得待在家里,他就可以通过拨号联网上学。同时,我会在学校使用和凯文配套的电脑,和凯文远程连线。唯一的问题是,我对电脑一窍不通。

"你能学会,"佳人格温说,"凯文会教你的。"

"可他为什么要待在家里?"我问。

我们在厨房里,佳人格温和姥姥正在给蛋糕撒糖霜,怪物凯文则在客厅里闲逛,他的样子看起来像是打算今后的每一天都要在派对里度过。

"也许他不需要待在家里。"佳人格温回答,她和姥姥对视了一秒,交换了只有在母亲之间才会有的眼神。"这只是以防万一,麦克斯。"

"他说不定已经猜到你要送电脑了,"我说,"所以他才会打趣要航天旅行和里尔喷气机。"

"我不吃惊,"佳人格温说,"什么事也瞒不了凯文。"

怪物凯文几乎没怎么动他的晚餐,他说他要为蛋糕留点儿胃口。等我们都吃完了,只有姥爷还意犹未尽。姥爷一直在揉肚子眨眼睛,夸佳人格温是烹饪天才,还说她做的新鲜豌豆、新土豆和三文鱼太好吃了,他还想再来一点儿。直到最后,姥姥清了清嗓子笑而不语地看着姥爷,他才为自己的贪吃道歉。

奇怪的是,等蛋糕终于上桌时,怪物凯文说要许愿,请我吹灭生日蜡烛。随后,他一口也没吃,只是在盘子里把蛋糕推来推去。我猜他是因为收到新电脑太激动了,顾不上吃,而不是因为身体不舒服,毕竟他看起来和往常一样妙语连珠。

"我应该许愿要一副耳塞的,"在我们集体唱完《生日快乐》歌后,他开玩笑说,"你们最好检查一下玻璃器皿是不是裂了。"

"不许贫嘴,"佳人格温回答,"不然我们就再唱一遍让你听。"

等她拿出电脑时,凯文表现得又惊又喜,也许他真的很吃惊。他迫不及待地打开电脑,向我们展示他怎么玩电脑，因为他是小寿星，大家都坐在一旁配合地夸赞他，比如"太神奇了""太棒了""凯文，你怎么什么都知道？"

他在教姥爷玩 3D 国际象棋，光是看看我就头晕，所以我就去帮忙收拾厨房，这才是我擅长的事情。

"麦克斯韦尔从来不打破盘子，"姥姥说，"别看他个子大，他干细活特别稳。"

等我们收拾完锅碗瓢盆，正擦着厨房台面的时候，突然听见姥爷在隔壁房间大叫了一声。

他只喊了一声"凯文！"，我们立刻就反应过来，怪物凯文出事了。

我们跑进去时，凯文正靠在椅子上，发出喘息的声音，他的呼吸非常急促，眼皮也在不停地翻动。

"他又发作了，"姥爷说，"快叫救护车！"

佳人格温此时已经在打电话了。

我跑到街上挥舞双臂，上下跳跃，好让救护车知道在哪儿停。我不停地跑回屋里查看凯文的情况，可佳人格温说除了等待，我们什么也做不了。

23. 空白的书

凯文住院的第一天，他们不让我去看他。姥姥说我只能耐心等待，让医生们做他们该做的。可我实在坐不住，于是我决定自己步行去医院。虽然姥爷说那得走十几公里的路，但我不在乎。

我知道怎么走，因为怪物凯文和我去过那里，就是他要给我看医学研究大楼的那一次。不过，没有了怪物凯文的解说，一路上的风景也不一样了，房子就只是房子，不再是城堡，游泳池也不再是护城河。

我脑子里只有一个念头，在生日当天被送去医院真是太倒霉了。

我终于走到了医院，正好看见佳人格温的车停在临时停车场，但姥爷说过别去打扰她，让她好好照顾自己的儿子，所以我就绕到医学研究大楼的后面，坐在一棵小树下。

我拿出那只老式的鸟翼飞行器，一直给它上弦让它飞。我想，万一怪物凯文正好从窗户往外看时，就能看见它飞过，这就是我这一趟来的目的。我就在那棵干瘦的小树下玩那个飞行器，直到一个割草的工人让我挪地方。于是，我就绕到医院的前面，正好遇到了佳人格温。

"麦克斯韦尔！"她喊了我一声，给我一个大大的拥抱。这是个湿漉漉的拥抱，因为她一直在哭。

"麦克斯，我们到处找你。凯文一直闹着要见你，斯皮瓦克医生只好同意了，但只给你们几分钟的时间。"

佳人格温带我走进大楼，我以为我们是去医学研究大楼，没想到却只是进了普通的医院区域。

"他在重症监护室里。"她说。

"他们把他照顾得好吗？"

"他们在尽力，麦克斯。"她说。

重症监护室里的护士很多，没走几步就碰上一个，我们一到那儿，我就撞到了一个。每个病人都待在单独的一个房间里，房间里全是格温说的那种"远程监测"的电子设备，可以监测病人的一举一动。换句话说，凯文要是打个喷嚏,护士在他擦鼻子前就知道了。

等我走进他的病房,看见他在床上显得那么瘦小,我才真的害怕起来。他半坐着,身上插着许多管子,有些插在胳膊上,有些伸进鼻子里,斯皮瓦克医生守在他身边,不让我靠得太近。

斯皮瓦克医生说:"目前最好的选择是不见访客。不过既然凯文想要见你,那就见一下吧。"

斯皮瓦克医生是个身材矮小、留着一头红发的女士,她的神情看起来很严肃,好像是因为凯文想见我,或者怕我会弄坏她那些珍贵的设备生气似的。

"你可以走了,"凯文对她说,"你被解雇了。"

问题是,他的声音听起来很奇怪,不仅虚弱无力,还发出呜呜声,像在吹哨子。等我走近一些时才发现他的脖子上贴着一个奇怪的塑料小纽扣。

"这叫气管切开术,"凯文把手指按在按钮上,呜呜的声音停止了,他说,"这是协助呼吸的标准程序。"

"疼吗?"

"才不会,"他说,"我觉得这很酷。听听这个。"

然后他用手指拨弄着那个按钮,从喉咙里传出了一连串吹哨的声音,他说他吹的是《星际迷航》的主题曲,虽然我几乎听不出来。

"那么,你什么时候能回家?"我问。

凯文插满管子的身体不怎么能动,他只能转动着眼睛表示摇头。"我不会以目前这个形态回家。"他说。

"什么意思?"我问。

"仿生装置已经发出红色警报。今晚,他们就会把我带到那儿进行特殊手术。等你下次见到我时,我已经焕然一新了。"

"我害怕。"我说。

"别傻了,"他说,"又不是你动手术。"

"我宁愿你不要动手术。"

"别和我争啦。"我得靠近些才能听见凯文微弱的声音。他接着说:"如果你和我争,我一不高兴,他们就会从监测设备上看出来,那你就惹麻烦了。"于是,我就像个木头人一样站在床边,沉默了一会儿。我把那个鸟翼飞行器放在床尾,凯文似乎没有发现。

"看见桌子上的那本书了吗?"他问我。他没法儿用手指,但我看见桌上确实有本书。

"打开看看吧。"他说。

那本书让我想起他圣诞节送我的词典,不过我打开它才发现,所有页面都是空白的。

"是给你的,"他说,"希望你能用我们的冒险经历填满空白页。"

"啊?"

"把故事写在上头,傻瓜。这本来是我想做的事,可现在看来,我要去忙着适应我的仿生新身体了。仅仅学会用长腿走路可能就得花上几周的时间。"

我放下书。

"你是大脑,"我说,"我才是长腿。"

"别惹我生气,"他警告说,"我没时间了,所以得你来做这件事了。就像平时说话那样,你把它们全都写下来——我们所有欢乐的时光,我们做过的酷事儿,我们的探险。"

"可你知道我不会写作,凯文。"

"你记得的一切,都在你脑袋里呢,麦克斯。只是讲一个小怪物与大力士的故事。没什么大不了的。"

我又拿起了书,对于要写东西这件事完全不抱希望,只是我不敢说出来,生怕监测设备发出警报。一分钟后,凯文开始咳嗽起来,警报响了,我还没来得及说什么,房间里就拥进了一群护士,斯皮瓦克医生告诉我我必须离开。"快出去,小伙子,我们得给他治疗。"

他们让我和佳人格温一起等在重症监护室外,格温只是站在窗户那里,双手拧在一起,什么也没说。医生和护士终于出来了,他们说他没事,只是一次严重的发作,现在他的情况暂时稳定了。

后来姥姥来了,她开车接我回家。吃晚饭时,我们都不怎么说话,只有姥爷忍不住说:"可怜的格温,她看上去好像很痛苦。"

我说:"可怜的格温?要做特殊手术的人又不是她。"

姥爷和姥姥对视了一眼,似乎不敢相信我会这么蠢。一阵沉默后,姥姥说:"麦克斯韦尔,亲爱的,多吃点儿蔬菜吧。"

那天晚上,我把空白的书放进金字塔盒子里妥善保存,祈求它能带来好运。

24. 踢腿大王回来了

现在的情况是，我不能去医院打扰医生工作，这话说得好像我会去那儿捣乱似的。不管你问什么，想干点儿什么，大人的反应都是别多问，除了等待，什么也不做了，这快把我逼疯了。

所以第二天一早，趁姥爷还在打着鼾呼呼大睡时，我就起床溜出门了。我的计划是先去医院探望怪物凯文，再及时赶回来吃早饭，这样就不会有麻烦。

可惜，天有不测风云。

太阳正从池塘后升起，水面上飘着诡异的雾气。青蛙都聚在荷叶下闹哄哄地呱呱叫，蚊子像呼啸而过的子弹一样在耳边嗡嗡地飞，我只得边赶蚊子边往前跑，总算把臭气熏天的池塘甩在身后了。

我跑得很快,仿佛正被太阳追赶似的,我在追逐自己细长的影子,可它永远在前头,永远都追不上。

我仿佛是在用脚思考,而身体其他部分还在睡梦里。

一路上也不只有我一个人,还有一个老头,他驾驶着安装了前灯的割草机正在外头割草,还穿着睡衣,就好像这很正常,每个人都这样。

等我到医院时,街上的路灯刚刚熄灭。医院大厅里空无一人,也没人在前台告诉我这么早不能探望病人。

可重症监护室里却有很多护士,她们看到我了。有一个护士从监测站后面跑出来,用手捂在嘴上,她一定是想让我安静,可我没有发出任何声音呀。

不过,她并没有让我别出声,而是说:"天哪,你一定是麦克斯韦尔!"可是,我从来没见过她呀。

我问:"凯文回来了吗?"

她说:"噢,我的天,我的天哪!"

"他会好起来吗?"

她还是说:"噢!天哪,我的天!"

这时,有更多的护士从重症监护室里走了出来,其中一个是我昨天不小心撞到的,当她看到我时,她说:"还是把斯皮瓦克医生叫来吧，凯文是她的病人。"

我注意到一些护士正在哭，还用奇怪的眼神看着我。

我忽然发疯了。

我嘴里喊着："不可能！不可能！"一位护士试图抱住我，被我一把推开。

然后我就在大厅里跑起来，好像又变回了"踢腿大王"，谁敢碰我我就撞谁，我不停地跑啊跑，在转弯的时候脚底一滑，撞到了墙上。就算谁够胆碰我，也没有人能碰我一下。我只是拼命地跑，一直跑，直到跑到写着"医学研究中心"字样的玻璃门前。

门锁住了，里面一片漆黑。

在我身后，人们在大声喊保安过来。我直接用拳头击碎了玻璃门，冲了进去，在黑暗里踩着碎玻璃往前滑行，我不停地往前跑，直到跑到另一扇门前，上面写着：禁止入内。

这次的门不是玻璃的而是实心的，我怎么都砸不破，我不停地踹门，撞门。这时，所有的医院警卫都追上了我。

很多人朝我扑过来，我继续兜着圈子跑，好像变成了自然界的异类，直到越来越多的人冲过来把我扑倒，把我压得再也动弹不了。

他们骑在我身上,把我的手腕和脚腕都铐了起来。他们说:"我们得给他用点儿药。"有个警卫说:"用什么药,射大象的麻醉枪?"

斯皮瓦克医生发现我被警卫围住。她俯下身子红着眼睛忧心忡忡地看着我,然后说:"对不起,麦克斯韦尔,我们已经尽力了。让我帮你把手包扎一下吧,你在流血。"

"他那么信任你,"我说,"你说你可以给他一个新的身体,他相信了。"

"你在说什么?"

"特殊的手术,"我说,"仿生手术。"

斯皮瓦克医生让警察放开我,还说她会承担后果,但以防万一,他们没有解开我的手铐。那个说用大象麻醉枪的警察拿出警棍,准备在我有任何动作时就动手。

斯皮瓦克医生叹了口气,说:"请给我来杯咖啡,"然后她看着我说,"你最好把一切都告诉我。"

就这样,在她给我包扎手的时候,我告诉她,凯文每隔几个月就来医学研究实验室为他的仿生学新身体做准备。斯皮瓦克医生听着听着,脸色渐渐变得柔和起来,她点着头自言自语道:"这么说来,一切都解释得通了。"

"所以全都是谎言,对吧?"我说,"你只是骗骗他,为了让他不那么害怕。"

"不是那样的,麦克斯韦尔。你知道的,谁也骗不过凯文。在他大概7岁的时候,我想对他撒一个小谎,因为我以为那么小的孩子没法儿承受全部真相。你知道他做了什么吗?他在医学词典里查到了自己的病。"

到这时,我知道她说的是实话。凯文,还有他的词典。

"凯文很小的时候就知道他不会活得很长,"她说,"他知道一切都只是时间问题。"

"所以换一副机器人身体的说法是他骗我的吗?"

斯皮瓦克医生摇头,说:"我不认为他在骗你,麦克斯韦尔,你觉得呢?我认为他需要一些希望,所以他给自己编织了这样一个奇思妙想。每个人都需要一线希望,别把它当作谎言。凯文不是骗子。"

"他不是,"我说,"可他到底是怎么了?"

"我可以告诉你所有的医学术语,"她说,"但说到底就是他的心脏在变大,而身体太小承受不住了。"

我听见有人在说,我破坏了医院设施,该把我抓去警察局——那个拿着警棍的警察支持这个提议——不过到最后,他们还是让姥爷带我走了。

在回家的路上,姥爷问:"你想聊聊这件事情吗?"

"就让我一个人待着吧。"我回答。

"好吧。"他说。

25. 再遇洛雷塔

那是一年以前的事了。

自那以后,我一直把自己关在地下室的房间里,日复一日,谁来也不开门。

就因为这样,我错过了凯文的葬礼,也错过了跟格温道别的机会。后来姥姥告诉我,凯文走后,格温很痛苦,她受不了继续生活在原来的家里,所以才搬走的。谁能怪她呢?

姥爷威胁我说,如果我再不从房间里出来,就要用螺丝刀卸掉我的房门。不过,他并没有这么做,他只是不停地说,看在姥姥的分儿上,别再关着自己。有时姥姥也会到地下室来,求我看在姥爷的分儿上,把门打开。他们就这样一遍又一遍地央求我,我只好投降,走出了房间。

不知道这么形容对不对,总之,在很长一段时间里,我就像是一只瘪掉的气球,好像被谁放了气。瘪掉就瘪掉吧,我也不在乎,因为如果我们最后都会死掉,那么这一切又有什么所谓呢?

我当时的心情就是这么低落,只顾着悲伤。姥爷努力想让我明白,重要的不是你能活多久,而是你要怎样把握好活着的每一天。可是,不管这番话听起来多有道理,凯文还是回不来了,姥爷说这些又有什么用呢,我压根儿就不想听。

开学的前一天,我还在院子里无所事事地晃悠,脑袋里又一次想到世上所有的事都很愚蠢无聊,没什么意思。这时,姥爷走到我跟前说:"你知道吗,大多数人活了一辈子,都没有遇到过像凯文这样的好朋友。所以,也许你应该觉得自己很幸运。"

"是啊,才怪。"我说。

"我不管你怎么想,"姥爷说,"但有一件事咱们得说清楚。你必须去上学,哪怕我是用绳子把你拴在汽车上拖进学校,你也得去,听明白了吗?"

所以我不得不去学校,我讨厌在那里的每一分钟,尤其讨厌大家对我表示同情，就好像死的人是我一样。

终于有一次，连托尼·D都走到我跟前对我的遭遇深表惋惜。我能看出他是真心这么说的，于是我的脾气彻底爆发了，我告诉他如果他再对我表示同情，我就把他头朝下扔进池塘，然后像打桩一样把他砸进泥里。所以我们现在又势不两立了，这正合我意。

不久之后——时间已经到了冬天——我在街上遇到了洛雷塔·李。她还戴着颈托，嘴里还是一股酒气。不过话说回来，你在期待什么呢，是她奇迹般地改头换面吗？仅仅因为她一时头脑发热，当了几分钟的好人？

总之，洛雷塔对我说："你听说格温的事了吗？她在加利福尼亚呢，交了个新男朋友，叫里克，他们俩爱得死去活来。好消息，是不是？"

"我想是吧。"

"相信我，"她说，"就是好消息。那么，这些日子你都干什么去了？"

"什么也没干。"

她意味深长地看了我一眼，然后说："什么都不做是很无聊的，孩子。好好想想。"

我往家走的时候想了一路。

那天晚上,我从床底下翻出金字塔盒,从盒子里取出那本空白的书。我在心里自言自语道:"你在开玩笑吗,麦克斯韦尔·凯恩,你没有头脑,这是事实,是全部的事实,用凯文的话说,这是'不败的真理'。"

就这样,我把不败的真理写了下来,我不停地写,一连写了好几个月,直到春天冉次降临,整个世界再一次像凯文说的那样——"绿意盎然"。写到这儿,我想故事该收尾了,我对自己的记忆力还算满意。既然我已经写完了一本书,没准儿我还真的能读完几本书,谁知道呢?

没什么大不了的。

聆听孩子们的声音：给小读者的回信

罗德曼·菲尔布里克

第一部分：希望你读我的书不会吐

《住在我背上的好朋友》出版后不久，我的邮箱渐渐被美国各地小读者的来信塞满了。不是因为这本书超级畅销——并没有，而是因为今天的孩子喜欢给作者写信。最有趣的是，小读者们在不经意间流露出的幽默感。

亲爱的菲尔布里克先生，您的书非常了不起，也很有趣。故事完全说不通。除此之外，这是一本很棒的书。

——您的朋友，罗斯·E

亲爱的菲尔布里克先生，我们的老师特罗克韦尔在读您的书《住在我背上的好朋友》，读到结尾时他哭了，全班同学都觉得很好笑。谢谢!

——塔妮亚娜·B

亲爱的菲尔布里克先生,您的书非常悬,我的心都悬到嗓子眼儿了。

——您最大的粉丝,汤姆·P

亲爱的菲尔布里克先生,您的书有点儿长,但您用了一些好词。

——真诚的,斯蒂芬·B

亲爱的菲尔布里克先生,感谢您访问我们学校。我以为您来的时候我会很紧张,就像我参加足球赛前那么紧张,有时我会紧张到吐。可当我见到您时,我没有吐出来。

——您的朋友,比利·乔·P

对孩子们来说,没有比不让他们吐出来更高的褒奖了。我真心建议所有类型的作家,包括文学家,都应该尽量确保您的作品不会让读者吐出来。我认为这是非常实用的建议，可能比许多创意写作课上教的内容更有帮助。

第二部分：我为什么为孩子们写作？

亲爱的菲尔布里克先生，您为什么决定成为儿童作家？您是不是申请了其他工作却没有成功？还是您一直想为孩子们写作？

——您的朋友，内尔维娜·J

不，内尔维娜，为孩子们写书并不是我最初的职业目标，我压根儿没想过要这么做。当时的我还是一个雄心勃勃的年轻小说家，我崇拜的是那些被公认为"深奥"且"严肃"的作家，比如詹姆斯·乔伊斯和威廉·福克纳。我的大学教授们常说他们的作品代表了"文学的最高水准"。

那是四十多年前的事了，直到今天，情况依然没有什么变化。马克·吐温的作品虽然广受青睐，可在很多人的眼里却依然登不上高雅文学的殿堂。换句话说，当时的我渴望被誉为文学天才。可是,天才一般不会去写童书,甚至不会为普通成年读者写作,天才只为自己和其他天才写作。我意识到,出版商想要的是那些不需要文学学位就能读懂的书。我领悟得很慢,写了八九本成人小说后才想通,如果继续钻牛角尖儿非要以高雅文学的文学天才自居,恐怕我这辈子都不可能出版任何作品。

二十六七岁那些年,我干过一连串体力活,当过码头工、屋顶工、木匠和造船工人。为生计疲于奔命之时,我终于意识到自己可能真的不是"天才"那块料,只要出版界能给予我出版机会,我愿尝试创作处于文学鄙视链底端的体裁——悬疑小说。我决定要不惜一切代价实现出版愿望,只求能得到读者的认可,成为一名真正的作家。

彼时的我深陷绝望,似乎不想尽办法出版,内心深处那个充满希望和决心的自己就会彻底死去。我当时住在新罕布什尔州,那里的每块车牌上都刻着"不自由,毋宁死"的字样,我总是默默在心里把它改成"不出版,毋宁死"。每个清晨睁开双眼,我不得不面对这个现实,甚至在无数个梦里思考该如何突破困境。

我决定放低眼界,转向创作能被大众喜欢或至少好读好卖的作品。就这样,我开启了新的写作之旅。

我打定主意要写一本简单的悬疑小说,自以为对于像我这样的"前天才"来说肯定是小菜一碟。没想到,很快我就发现这比我多年来的创作过程更艰难。想要写好一本畅销的悬疑小说,必须密切关注故事、情节、氛围、场景和人物的布局。

这是一种什么感觉呢?想象一下,你骑着单轮车穿行在悬索桥的同时,手里还要杂耍五个玻璃球,而桥面由承受故事重量的纸张构成,每一页的起承转合必须足够坚固。一旦走错一步,故事就会塌方,或者更糟,变成一摊烂泥。你必须一直踩着单轮车,决不能停下来,因为故事必须以一定的节奏展开直到结束。如果没有天才的灵感,那么成就一部优秀的悬疑作品就必须依靠高超的技巧和精妙的构思。

有些作家第一次就能成功,遗憾的是我不在此列,我的创作过程非常艰难。因此,能出版所谓的"首作",对我来说是件不得了的人生大事,甚至比20年后《住在我背上的好朋友》被拍成电影还重要。我卖出第一本书的时候已经28岁了,从16岁开始,我人生一半以上的时间都在兢兢业业地写作。我和太太住的公寓有个潮湿的地下室，里头放着成箱发霉的手稿，多达几千页。我之前从没卖出过任何作品——一个字也没有——从没看到它们被印刷成白纸铅字。因为只能在工作之余或者工作间隙写作，所以我常常因为太疲惫而无法清晰地思考。可是迫于经济压力，我不敢辞掉体力活，就算肩上的沥青瓦片有几十斤重，也还是得在陡峭滑脚的屋顶上来回搬运。

当时，我一个出版作家都不认识。我给自己喜爱的小说家写信，也给编辑们写了无数封信，永远都是石沉大海，我其实也没指望他们能回信。对于我来说，出版业就像一个封闭的社区，15年来我从没有拿到入门的钥匙，也想不出我该怎样才能获得这把金钥匙。直到一天晚上，电话铃终于响了起来，一个带着浓重纽约口音的人在电话那头说："他们很喜欢你的书，小伙子，这事儿成了。"

亲爱的作者，我很喜欢你的书，大部分都喜欢，除了结尾。我建议你修改一下结尾。请继续努力，你会进步的。

——您的朋友，艾琳

我终于卖出第一本书了！这一高光时刻，是所有作家梦寐以求的认可。这份认可支撑着我们在失败的煎熬和屡遭拒稿的绝望中坚持下去。我们憧憬声望和财富，望眼欲穿地盼着自己的书上架，甚至做梦有一天能飞往斯德哥尔摩接受诺贝尔文学奖的殊荣，正是这些梦想支撑着我们笔耕不辍。

但是，这样的梦想即使对已成名的作家来说也很难实现，可惜那时我还不明白。我只是隐约有一丝察觉，出书并不会真正地改变我的日常生活，以及我在这个世界上的位置。那天，我迫不及待地把出版的好消息告诉父母，母亲知道后喜出望外，父亲真诚地祝贺我。然而，下一秒钟他们就告诉我家里的化粪池堵了，希望我过去疏通一下，因为我一直很擅长疏通下水道。

这是事实，我的确是个优秀的管道工，我对那个动不动就倒灌的化粪池再熟悉不过了，一到天寒地冻，它就开始返水。于是，在我的首作出版的第二天，我便提着工具去父母家，用链锯切断冻住的屎尿，成功搞定了排放泵阻塞的问题。

我在心里安慰自己说："伙计，你可得适应呀！今天你还风光无限，明天说不定就得挥舞着锯子大战粪坑——生活本就如此。"

还能怎么办呢？

明智的做法唯有仰天长笑几声，擦干镜片上的污水，然后回家继续埋头写作。

第三部分：是什么促使我创作本书？

在出版了十几本成人悬疑小说和惊悚小说之后，我的确成了一名职业小说家，可我却越来越沮丧。我写了两个侦探系列小说，但是销量不好。对于要不要出版下一本侦探小说，编辑的说法含糊其词，我明白，这是在婉言相告，让我另寻出路。

我感到很困惑，我这是在干什么？迫切想出版的愿望是不是把我引入了歧途，写我并不真正适合写的书？我是不是浪费了十多年的时间，在一条死胡同里到处碰壁？在大多数同龄人都已经买房养娃的时候，我和林恩还蜗居在那套只有一间卧室的无电梯公寓里。前景似乎变得越来越黯淡。

状态好的时候，我依然钟爱伏在案头，用动人的笔触讲一个动人的故事。可随着糟糕的日子越来越多，我仿佛是在用隐形墨水写作，落入了码字、出版、被遗忘的怪圈，而遗忘它们的是本就寥寥无几的读者。

1992年的春天，在曼哈顿的一个悬疑作家聚会上，我遇到一位素不相识的年轻编辑。她告诉我自己新上任，负责出版大众少儿悬疑小说。她正在寻找愿意快速且低价出书的作者合作，问我是否感兴趣。

我一点儿也不觉得这有什么不妥，毕竟有酬劳的工作总是好的，尽管这份工作的收入还不够我交房租。况且，我对儿童文学了解多少呢？我没有孩子，成年后也没再读过童书。那是一个早已被我抛之脑后的世界，至少当时的我是这么认为的。

在那次简短的谈话之后，灵感以神秘的方式降临了。在回家的5个小时车程中，我不自觉地想象着一个主人公，他并不是青少年读物中常有的主角形象。他是个聪明过人、伶牙俐齿的孩子，但他身材瘦小，骨骼受损，需要朋友的帮助才能四处走动。林恩和我就曾认识这样一个孩子，他一出生便患有莫基奥综合征，这是一种罕见且严重的侏儒症。和我想象的世界里的小主角一样，这个孩子在现实中特别聪慧，浑身充满勇气和力量，还有永不枯竭的求知欲，他所掌握的词汇量可远远超过我。或许，他就是我一直梦寐以求的那种天才。

这个男孩是我看着长大的（他的母亲和继父是我的朋友），可惜他已于去年离开了我们，去世时还很年轻。也许正是他的英年早逝提醒了我，让我得以借用他独特个性的余烬，点燃想象力的火焰。

在构思故事伊始，我便感到深深的内疚——我有什么权力挪用他人生命的片段来创作一本书呢？能说得过去或者能自我安慰的做法唯有完全虚构故事。书中的情节全都是我想象的产物，与这个男孩真实经历过的生活事件没有重叠。

你是不是对这个勉强的理由感到困惑？我也一样。可当我驱车经过康涅狄格州时，脑袋里忽然出现了一个声音，仿佛有人在我耳边低语："我一向没什么头脑，直到怪物凯文来了，才把头脑借了我一阵。这是真事，千真万确。"这是全书的第一句话，一瞬间，我思如泉涌，这个故事该如何展开，我已了然于胸。这句话为我找到了讲这个故事的人，这位叙述者不仅认识且敬佩故事里的主人公，他还很天真，不知道"怪物"是个残酷的绰号。这句话也是书名的灵感来源，因为我知道，我的叙述者将会帮助我的小主人公战胜"怪物"绰号所隐含的恶意与残酷，并赋予它崇高的意义：勇敢的骑士英雄——"怪物骑士"。

亲爱的菲尔布里克先生，我最喜欢的部分是当杀手凯恩回来时，凯文出手搭救了麦克斯韦尔，而且虽然洛雷塔和伊基很害怕，他们也去帮了忙。我的老师说，在害怕的时候帮助别人就是勇敢。如果这是真的，那么凯文就是有史以来最勇敢的孩子。

——拉蒂莎

我故事里的叙述者认为自己笨到需要借别人的头脑一用，这个形象来自我在街上见过但从未真正交流过的一个年轻人，他身材高大、肩膀魁梧，我有时会看到他把现实中的那个男孩扛在肩膀上。我决定给我的叙述者起名为麦克斯韦尔·凯恩，开车回家途中，我便在脑海里勾勒出了他的故事。他是一个温柔的巨人，却受到同学们的排挤，因为他很害羞、很笨拙，还因为他和罪犯父亲长得如出一辙，他的父亲就是恶名昭著的杀手凯恩。

你瞧，故事的叙述者有一个残暴的父亲，我这不是在模仿《哈克贝利·费恩历险记》的情节吗？至于我的父亲，他虽然不暴力，也不残忍，但在我的成长过程中，他喝酒成性，有点儿像哈克贝利的老爹。哪个酗酒父亲的孩子读《哈克贝利·费恩历险记》都会有种似曾相识的心痛。不管外表多有魅力、多聪明（我的父亲两者兼具），只要是个酒鬼父亲，心里都住着一个哈克贝利的老爹，每个儿子都会心生恐惧。

亲爱的罗德曼·菲尔布里克，我不太喜欢读书，但我喜欢您的书。我妈妈的男朋友坐过牢，他出狱后又犯了同样的事，杀了另一个人，不过不是我妈妈。我希望他能被抓回监狱，关很久。

附言：多写些书。

——您的朋友，贾内尔

我越是从《哈克贝利·费恩历险记》和自己的经历中汲取灵感，对《住在我背上的好朋友》就越感到满意。借鉴《哈克贝利·费恩历险记》让我感到自己不是孤单一人，因为每个在世的美国小说家或多或少都这么做过。至于从自己的生活中获取素材，这也是作家的分内事，至少所有写作大师都是这样教导我们的。

总之，当我开车穿过马萨诸塞州时，麦克斯韦尔·凯恩这个角色在我的脑海中变得生动起来，他用结结巴巴、富有激情、时而愤怒的口吻向我讲述他的故事。我大致勾勒出了这两个男孩的冒险经历，他们在炽热的想象中屠龙除恶，行走江湖。

第二天，我把一部交稿时间在几月内的悬疑小说搁置一旁，专心"聆听"麦克斯韦尔的故事。

让我惊讶的是，这本书的写作过程相对简单流畅。我发现，用一个12岁孩子的头脑和声音来思考和叙述，对我来说非常自然。这在一定程度上归功于记忆的魔力。不知为何，我对中学时代的记忆异常清晰，远超小学和高中时期。我记得我上课时坐在哪儿，我的老师是谁，以及当时对各种事情的感受——操场上打架，对付霸凌的同学，霸凌别的同学，取笑别人，被别人取笑，交到最好的朋友，又失去他们，以及对自己的外表很不自信。这些记忆深深地印在我的脑海里，最终也都融入我的文字中。

除了这个年纪孩子的普遍经历，故事的叙述者麦克斯和我其实没有多少相同之处，除了一点——麦克斯韦尔·凯恩，这个赋予"怪物骑士"力量和勇气的角色，最终成了一名作家。他从一直藏身的地下室里爬出来，向全世界展示他的书并宣告："这就是我，请读读我吧，请让我变得真实，给我的生命赋予意义吧！"

亲爱的作者，我今年10岁，住在纽约州的汉堡市。我想写信告诉您，我读了您写的麦克斯和他的好朋友凯文的故事。我原来不怎么喜欢读书，但那天我捧起您的书，在我的房间里一连读了两个小时。

——您的朋友，萨拉

选中本书的编辑邦妮·费尔堡是个热心肠，她对我说写童书会改变我的人生。我笑着回答"太好了"，可当时心里压根儿不信。写作让我拥有一个值得感恩的人生，但我觉得在 42 岁的成熟年纪，不太可能因为写一个故事就改变人生。那时候，我根本不知道出版一本童书意味着什么。我自然也从没想到会有小读者愿意写信给作者，向作者倾诉。

更令我意想不到的是，有些孩子竟然以为我就是书里那个和他们同龄的男孩——麦克斯韦尔·凯恩。

第四部分：麦克斯是我吗？

亲爱的作者，您的书真的很有趣。我有个问题，这本书是麦克斯把真实故事写下来交给您的吗？

——诚挚的，乔纳森·S

亲爱的菲尔布里克先生，麦克斯是您的亲戚吗？您是怎么找到这么好的头脑来写这么长的书的？

——真诚的，肖恩·T

亲爱的罗德曼·菲尔布里克，我首先想到的问题是，"怪物骑士"是不是真事？您是不是麦克斯，照凯文说的那样把故事写出来？如果不是真事，那是什么给了您灵感？是朋友的故事吗？您是不是凭空想象的？

——贝丝·C

亲爱的罗德曼先生，您是麦克斯吗？我和麦克斯很像，因为我的妈妈去世了，我也是大个子。我非常想念我的妈妈，就像麦克斯一样。这是我读过的最好的书，因为读到最后我哭了。

——您的朋友，滕

如果你想让角色真实可信，就得深入他们的内心。你得感受他们的心跳和呼吸，替他们思考和交流，跟他们同床共枕，你还得承受他们的屈辱，憧憬属于他们的梦想。

如此说来，我的确在以这样的方式扮演麦克斯。他是个笨手笨脚的大个子，自我评价不怎么样，他很钦佩住在隔壁那个古怪又聪明的男孩，最终以此激励自己学会写作，只为不让亲爱的小伙伴被人遗忘。粗看起来，我不是麦克斯，我不是温柔的大个子，阅读对我来说从来不是难事。我爸爸酗酒，这样的父母不在少数，不过他从不虐待我们，也从未坐过牢，后来他成功戒了酒，开始帮助有相同问题的人。但是，我和麦克斯的确有相似之处。我也曾经像麦克斯那样睡在地下室。和大多数人一样，我在少年时期也时常感到愤怒与困惑。与麦克斯相似，我有个暴脾气的继祖父，如果那时胆子大点儿，我大概也会称呼他为"大老爷"。虽然阅读对我来说没什么难度，但我的写作之路确实也经历了重重困难。

　　基于上述理由，似乎就不难理解为什么不少小读者把我当作麦克斯，或者以为麦克斯把他的手稿交给我出版了。孩子们愿意相信他们所读到的东西，任何为他们写作的小说家都不能轻视这份责任。大多数孩子经常撒谎，这是不争的事实，但他们还是渴望成年人能说真话。他们鄙视造假，隔老远便能嗅出虚情假意的角色来。

　　所以，从某种意义上来说，麦克斯就是我。

第五部分：校园霸凌

亲爱的罗德曼·菲尔布里克，校园霸凌在南加州已经成为大问题。可能一直都有，但近来这儿的一些孩子真的受到了伤害。我之所以喜欢你写的《住在我背上的好朋友》，原因之一就是书里的凯文和麦克斯都面对相同的恐惧，他们选择成为死党来共同对抗霸凌。每次有人让我推荐对霸凌问题有帮助的书时，我都会推荐您的书。谢谢您写了这本书。

——您的朋友，毕波

菲尔布里克先生，我刚读完您的书。这本书让我想到了自己，我的同学们总是取笑我，给我起绰号。他们说的话虽然不至于让我哭，可我心里还是特别难受。等我长大了，我想写一本关于我自己的书。老师说下个月我们要读另一本小说，我希望会是您的作品。

——您的粉丝，埃文·D

亲爱的埃文，相信我，我明白校园生活有时会有多难熬，尤其在你被人欺负时。我只能向你保证，随着你不断地成长，生活真的会好起来，尤其在你善于思考的情况下。你显然具备好的头脑，所以请努力坚持下去，我的小伙伴。我很期待有朝一日能读到你写的书！

如果我对埃文更坦诚一些，也许我会告诉他，我在他这个年纪不仅被霸凌过，而且令我羞愧的是，那时的我有时也会反过来霸凌别人。这种霸凌是言语上的，比如在背后取笑别的孩子。我知道什么是出口伤人，却并没有停止那样做。我当时的借口大概是希望自己能受欢迎，像那些校园红人一样，而他们总能让不那么受欢迎的同学感到痛苦。于是，我以为取笑弱小的同学也会让我受欢迎。但事实并非如此，至少对我来说不是。几乎在美国的每所学校和操场上，校园霸凌依旧每天都在发生。

被同龄人欺负的孩子，并非只有埃文一个，虽然他可能觉得自己备受孤立。许多孩子害怕去学校，甚至害怕去公交车站，就因为他们会在那里被无情地刁难。那时我刚好长得比较壮，所以我在肢体上遭遇的霸凌通常只来自比我大的学长，而不是我的同班同学，也就是说，我可能比像埃文这样的男孩少受一些痛苦。

学校是个小社会，如同孩子们的战场，同时，孩子们也总在自我分类：受欢迎的和不受欢迎的，好看的和难看的，富人家的和穷人家的。

小读者埃文的经历真的是典型案例。此外，女孩们也会欺负人，她们会组成各个派系的小团体，即使不在身体上霸凌别的孩子，伤害性可是一点儿都不少。我清晰地记得一个女孩的遭遇，我就称她为米利吧。

米利长得特别瘦小，她母亲给她穿的都是过时的格子连衣裙，一看就是二手旧衣服，因为米利家里很穷。他们的房子非常破旧，那栋房子自从油漆出现以来就从没被粉刷过，成了我们小镇的笑柄。那时人们鄙视贫穷，现在依然如此。

米利遭受了几年的冷嘲热讽，可她总是报以淡淡的微笑，那是一张愉悦而又时常懵懂的脸，好像她才开始理解为什么被同学们厌恶，但她并不因此责怪他们。

有一天，她遭遇了来自同龄人最残酷的讥讽。老师给我们布置了一个看似无害的作业，让我们讲述每周六晚上是如何和家人度过的。大多数同学讲述了他们吃晚饭、看电视、玩游戏等情形。米利很认真地完成了这次作业，朗读了她的笔记。她向全班讲述的事情，本该让我们由衷地体恤她为什么总穿过时的格子连衣裙，为什么总梳老土的发型。

她描述的是一周一次洗澡的情形。周六是她家的洗澡日。厨房里会摆上一个镀锌浴盆，她和她的兄弟姐妹一个接一个地坐进去洗澡。热水是在炉子上烧开后倒入浴盆的。她津津有味地描述这一场景，因为这是她在一周中最快乐的时刻之一，她以为我们都有类似的经历。米利在描述如何用刨成薄片的白肥皂洗头时，流露出一种浑然天成的童真。现在想起来，难怪她的头发总缺少光泽，发型也是她的母亲在家里给她剪的。

一个连洗发水也买不起的家庭！一个连正常浴缸也没有的家庭！一个不去理发店也雇不起美发师的家庭！多么美妙的震惊八卦呀，可怜的米利被当众起了一个新名字，叫"肥皂头"，是那些只因看不惯她的存在而愤怒的女同学们给她起的外号。

"嘿，肥皂头，让开点儿，你这个臭东西！"

不要因为我没有参与同龄人对她的欺凌就给我点赞。

我虽然从没辱骂过米利,却也从没站出来维护过她。我感到十分惭愧。

男孩们知道,他们得装出强硬的样子,不能轻易流露感情(在操场上待一个小时,就教会了他们这一点)。而我写的故事中的角色往往非常渴望情感且需要被关注,但他们不愿意承认这一点,正如阅读这些故事的男孩一样。以下是一封来自新罕布什尔州梅雷迪思市五年级学生的信,很能说明这个问题:

亲爱的菲尔布里克先生,我们上课时读了您的书,但我还是很喜欢。我为凯文感到难过,因为学校里每个人都嘲笑他。别以为我是个娘娘腔。我只是为他感到难过,虽然他只是一个角色。

我读着这封信,心想,唔,你才10岁,就觉得自己应该表现得像迷你版的克林特·伊斯特伍德了。伊斯特伍德塑造的经典银幕硬汉形象似乎总在斜着眼睛,深沉地审视人类的苦难。

自我上小学五年级以来,有很多事情变了,但这部分却没有改变。

孩子们身上表现出来的残酷性常常引发作家、社会学家和心理学家的关切与评论，他们比我懂得更多。就我个人的理解而言，它是成年人更复杂更残酷的行动预演（想要论证这一点的话，随便哪天听听当地的新闻广播就知道了），但基于本章的主题，我们的讨论还是集中在校园霸凌上。

在升到小学五年级或六年级之前，孩子们之间常常发生打架互骂的行为，但到了初中，他们就学着如何表现得像个小大人了。他们开始擅长觉察他人的软肋，通过排挤那些所谓的"异类"来获取权力。为了形成派系和等级，他们所认为的"异类"几乎可以指任何方面。从外表上就能轻易挑出"异类"来。如果你说话结巴、跛脚走路、有胎记或者戴着一副笨拙的眼镜，你就是"异类"。如果你穿的衣服不对，或者身体发育速度与其他同学不一样，你就是"异类"。如果你一看家里就很穷，你也是"异类"。更令人不安的是，现在甚至连成绩优异的孩子，也越来越多地被同龄人视作"异类"。

很多时候，这种等级制度的支持者往往是本该明辨是非的家长。我曾听见有的家长（甚至偶尔也有老师）嘲笑自己的孩子无法适应任何派系小团体。在这种情况下，怎么能指望孩子们比我们成年人要少一些残酷呢？

如何解决这个问题？我没有答案，但我确实认为，试着去体会被霸凌者的感受，同时去了解霸凌者的感受，可以帮助我们更好地呈现问题。这也能引导我们去讨论这个问题，让霸凌者现形，让大家看到他们、讨论他们，不再掩盖他们的问题。这样，被霸凌的孩子才能够站出来，诉说自身的遭遇，从而发现他们并不孤单。当你知晓原来也有人与你有相似的经历后，就能拥有强大的力量源泉。这也正是本书的故事核心，两个常常被欺负的"异类"成了最好的朋友。当我们心里藏着秘密时，从朋友口中说出最好的一句话便是这意义特殊的三个字——"我也是"。

学校需要意识到校园霸凌的存在，并及时采取措施。美国的整个学校系统都已启动"无霸凌"计划，参与者包括从最低到最高职位的全体教工。学校里的每个人都需要加入进来，共同创建"无霸凌"校区。这成了一个持续的课堂讨论主题，学校不仅邀请嘉宾前来演讲，也让孩子们知道要保持觉察，及时倾诉。许多这样的计划已经在非常有效地开展，但学校必须愿意承认霸凌问题的存在，并愿意着手解决问题。

学校和各类组织机构有大量关于如何阻止霸凌的信息，但如果人们不去用，再多的资源都将无济于事。当然，在教师和学校经费不足，且需要帮助的学生过多而人手严重短缺的情况下，想要解决这些问题就更加困难了。

第六部分：学校究竟哪里出了问题？

儿童作家们对公办教育有自己的观点吗？当然有，以下是我的看法。

作为公民、父母和纳税人，我们不断自问学校究竟哪里出了问题，可其实早已心知肚明。这问题自打办学校开始就一直存在，不是教师偷懒，也并非监督者不上心，而是缺钱。

我们一直都知道。

想要把公立学校办得更好吗？多花点儿钱吧，还要把钱花在刀刃上。就算全美检测和标准化是个不错的想法，用强制实施检测方案来淘汰所谓差学校的差老师，并不能真正提升公立教育的质量。表现不佳的学校需要的是增加教师的数量，就这么简单，我们所有的公立学校都需要更多教师加入。

想知道最佳的师生比例吗？去看看那些精英私立学校吧。很多私立学校平均一个班级的学生人数是12人，所有的学生都很聪明，不然就不会在那儿上学，换作在任何公立学校，他们都属于自我激励的高成就学生。相比之下，一所典型公立学校的班级人数却在20名到45名学生，其中有不少学生学习还很费劲。也就是说，公立学校的师生比例应当要比精英私立学校更高才对，原因很简单，大多数公立学校的学生需要得到更多的教学辅导。

增加教师人数，才能更好地培养学生，这个办法简单明了，可我们却被告知，这么做实在是太贵了。如果继续只靠地方上的力量资助公立教育，那么我们永远也请不起更多的老师，因为买房的居民们早已不堪承受当地的税赋。于是就变成了这样的现状：我们逼着教师教太多学生，多到他们根本教不过来，一旦教学出问题，教师就成了众矢之的，为我们造成的局面背锅。

很明显，我并非专业的教育人士，甚至差得很远。令我尴尬的是，我连大学文凭也没有，所以我在美国任何一所公立学校都没有教学的资格。只是因为孩子们读了我写的书，我才受邀访问超过20个州的公立学校，并且与几千个孩子和几百个教师有书信往来。在此过程中，我得以和很多校长和管理者交流，也听取了学校图书馆员、学校护士、辅导员的想法。我对我们公立学校的优点有了相当多的了解。公立教育有很多事情办得很好，那是因为有太多的好心人在为孩子们的教育无私奉献。同时，有太多孩子处在"风险"之中，尽管很少有人讨论这个问题，但教育这些"高危"孩子的教师们自己也面临着"风险"——精疲力竭、抑郁绝望。

亲爱的罗德曼先生，我很喜欢读这一类书，因为我会想起我的朋友。她爸爸没有掐死她妈妈，而是用从机械店里偷的机关枪打中了她妈妈的脖子。我真的很喜欢您写的故事。我真的特别喜欢麦克斯和凯文成为好朋友的那部分。

——罗克珊娜

您好，我是亨尼西先生五年级的学生。我想告诉您，《住在我背上的好朋友》是一本很棒的书。亨尼西先生读给我们听了，还给书里的每个角色都配了不同的声音，感觉就像身临其境一样。听到怪物凯文死了时，我感到很难过。这让我想起我最好的朋友斯科特，他就像我的亲兄弟一样。就在几个月前，他死于一场飞车枪击事件中。

——诚挚的，伊丽莎白

就是这样，这就是现实。我们中的大多数人不是教育工作者或社会工作者，不用去面对孩子成长的阴暗面。如果我们对此有所思考，对于那些挣扎在险恶处境里的孩子，该怎么做呢？我们还是要依靠其他人来解决。作为一名童书作者，我比一般成年人略微更接近这个问题。但即便如此，我所能做的也就是阅读来信并给他们回信。

作家的生活并没有特别振奋人心，也并非特别有意义，甚至总有几天或几个月是充满沮丧的。你花了几年时间写几本书，有几个人读了，然后这些书大多数时候就销声匿迹了。很少有书能比作者活得长，我已经接受了这个必然性。但最近，每当我为自己的书不再发行而心情低落时，我只需要打开邮件就能让自己振作起来。

总有像这样的信等着我。

亲爱的作者,我今年 11 岁,喜欢读书、上学和小动物,甚至我的小弟弟。我还没决定是要养马还是成为一名作家,或者可能是其他我还没想到的事情。您有什么建议吗?

——凯尔西

亲爱的凯尔西,以下是我的建议:
请继续阅读!
好了,我要继续伏案工作了。
以上内容摘自电子书《倾听美国的孩子们:一位中年作家如何从孩子们的来信中发现生活的意义》,作者为罗德曼·菲尔布里克,经作者许可使用。

活着就是一次冒险，写作也是！

出生于1951年的罗德曼·菲尔布里克在1992年的夏天写下这本《住在我背上的好朋友》，只因在他家后院观察到的真人真事深深打动了他。在那之前，他在成年人小说世界里摸爬滚打了15年，主要写悬疑和惊悚小说；在那之后，他开始兼为少年读者创作，2010年还因小说《小荷马的大冒险》获得纽伯瑞银奖。如今，他作为青少年小说的创作者而备受关注。

不过，读者印象最深的还是他的这本儿童小说处女作，部分原因要归功于被改编拍摄的1998年金球奖提名电影《陪着你走》，英文名特意删掉了意为"怪胎"的freak，主要是怕引起部分观众的反感，当然在作者看来，这毫无必要，他正是要将"怪胎"和"强大"并存，让读者（或观众）产生强烈的反差感。他讲的这个故事并不是"讨人喜欢"的儿童故事，两个主角在外观上都有些畸形，一个小得古怪，一个大得吓人；一个天生残疾，一个智力发展缓慢，但他们组合在一起却变得异常强大！

　　小说在1993年出版后并没有立即获得重大奖项。它曾获得专门奖励为9～12岁小读者写作的朱迪·洛佩兹奖的荣誉奖（相当于银奖），后陆续获得加利福尼亚州小读者奖、亚利桑那州小读者奖、马里兰州中学图书奖等地区奖项，并且进入美国图书馆协会的推荐书单。简言之，它渐渐受到美国教师和图书馆员的青睐，常被推荐为在小学高年级与初中的共读作品。有趣的是，为教师准备的阅读教学参考手册比小说本身还贵得多。不过，习惯于读主题温和的童书作品的读者恐怕很难想象，这本包含了谋杀、绑架、帮派团伙、校园内外的霸凌等诸多负面元素的少年小说，为何能如此受教师们的推崇。

　　小说主角与话题的奇绝大概是主要原因之一。堪称天才的凯文形如侏儒，他一出生就被发现患有一种极为罕见的先天性疾病"莫基奥综合征"，这会让他的身体无法正常长大，出现生长障碍，并导致一系列临床症状。而偏偏凯文长着一个记忆力如百科全书的头脑，同时科学思维发达，堪比爱因斯坦。对于作者菲尔布里克而言，这个角色并非凭空生造，其原型来自他认识的一个男孩，正是这个男孩激发了他创作这部小说的灵感。后来有读者抱怨说，这个故事本来挺好的，但作者不该让凯文死去，那太让人悲伤了。但作者的回应是，正是那个男孩之死促使他写下这个故事，这是他无法违背的事实。

小说的另一个主角也有原型，确实有个大块头常和那个聪明的男孩一起玩，时常让他骑在自己肩上。但菲尔布里克对那个大块头完全不了解，于是他完全虚构出了这么一个"麦克斯"，上初中就已身高1.9米，母亲已去世，父亲是人称"杀手凯恩"的杀人犯，麦克斯由姥姥、姥爷收养，而且很不受待见，被安置在地下室里生活。——是的，这些都是作者虚构的，他原本可以设计一个更具美好生活特征的少年形象，但他偏偏要虚构这样一个显然带有黑暗色调的形象，让他壮如牛，而且越长越像他的杀人犯父亲，却让他看似智力发展缓慢，上初中也只能读学习障碍班。还有，"麦克斯"很容易让人联想到一个相当暴力的美国系列公路片《疯狂的麦克斯》，小说中的麦克斯发起狂来的确蛮可怕的，需要一群警察才能把他制服！菲尔布里克对自己虚构的这个人物非常满意，以至于几年后专门为他写了一本续集《强大的麦克斯》，在那个故事中，麦克斯为解救一个被家暴的 11 岁女孩而带着她千里逃亡。

回到凯文和麦克斯的组合，作者颇为冒险地将他们置于极其倒霉的人生境地，却让他们从一片黑暗混沌中杀出一条光芒耀眼的成长之路，这让故事变得特别带劲儿。他俩的故事，展现了一段感人至深的奇特友情，这应该是让这部小说深受喜爱的另一个原因。凯文和麦克斯的友情堪称完美的典范，他们各自都有明显的缺陷，行走于社会都会被人讥笑，甚至被霸凌，但一旦结为好友，共同进退，就变得强大无比。凯文借用了麦克斯的体格，麦克斯借用了凯文的头脑，他们得到最大化的优势互补，而麦克斯背着凯文四处开阔眼界，凯文则开启麦克斯的智力，并引导他开动想象力进入美妙的想象世界。这段友情之所以堪称完美，不但因为能满足双方情感的需要，而且因为它能让两个人都变得更好。即使到最后，一个人不得不离去，也能以某种方式继续存活在对方的心里。

小说以麦克斯的口吻，用第一人称写成的。开头写道："我一向没什么头脑，直到怪物凯文来了，才把头脑借了我一阵。这是真事，千真万确。"文字简明直白，就像一个文化程度不高的家伙的口头自述。读到小说的最后，你会发现那是一本凯文留给麦克斯的空白书，他叮嘱麦克斯记下他俩的冒险故事。最初，麦克斯不会阅读，凯文教会他阅读，麦克斯还坚持说自己不会写字，凯文说："你记得的一切，都在你脑袋里呢，麦克斯。只是讲一个小怪物与大力士的故事。没什么大不了的。"最后，麦克斯真的写下来了，也从丧失挚友的伤痛中走了出来。的确，写作是关乎思考，也关乎疗愈的。充分展示阅读与写作的魔力，也是这部小说特别吸引人的地方之一。

作者菲尔布里克曾说创作这本小说是身为作家的他"学习寻找自己的声音"的过程，因为他特别渴望能写一个可读性强且引人入胜的故事。在这本书中，他的两个主角不但在体格上呈现两个极端，而且在智力上也呈现两个极端。菲尔布里克相当冒险但也相当明智地选择让麦克斯自述，因为根据人物设定，麦克斯的语言能力明显低于同龄人的一般水平。这制造了一种非常有趣的效果，小说的叙事口吻有点儿像幼稚的小孩子，但说到凯文的相关部分，又会蹦出很多难懂的字眼。（连叙事者自己也常常说搞不懂！）这让小说变得特别容易阅读，同时又富含高阶词汇和颇具文采的表达——绝对是教师喜欢的类型！试想，如果换作凯文的口吻来自述,那么即使是熟练的成人读者也不得不频繁查字典了,对吧?

菲尔布里克借凯文之口高度推崇阅读的价值,凯文对麦克斯说:"分辨真相需要读书,就像人类需要血清一样——如果不读书,你就分不清什么是真相。"凯文还示范了阅读教学的最佳办法,在他之前,所有试图教会麦克斯阅读的老师都失败了。那么凯文做了什么呢?他不过是给麦克斯讲自己最喜欢的亚瑟王的故事并读书给他听,这就是吉姆·崔利斯在那本《朗读手册》中倡导的基本方法,借麦克斯的话来说,"阅读的东西是怪物凯文帮我弄明白的,他教我把单词看作是写在纸上的声音。"凯文在教会麦克斯阅读的同时,点燃了他的想象力,从此他俩的组合就成了想象中亚瑟王世界的无敌骑士,斩妖伏魔,扶危济困。当然,这也让他们把丢失钱包的洛蕾塔·李想象成骑士传奇中的落难少女,他俩本想上门"搭救",竟差点儿惹出大麻烦。但有意思的是,正因为这次"惹祸"才导致后来反被救了一命。

这部小说的精彩之处也在于情节的跌宕起伏。大概是因为惯常写悬疑惊悚小说的缘故,作者不甘于让故事过于平和地向前推进，当貌似岁月静好时，他总得来一次平地起惊雷；但当情况看似糟透时，他又总能安排峰回路转，柳暗花明。总之，随着情节的推进，读者的心一时悬起一时放下，起起落落，不知不觉就读到了最后。小说设计的最重要的两个悬念分别与两个主人公有关：凯文的手术到底会不会成功？麦克斯的父亲到底做了什么，给麦克斯带来了怎样的影响？读者尽管可能模糊地猜到了结果，但好奇心一定能将你吸引到最后。

阅读这本书的心情可能是有些复杂的，尽管它所呈现的那段友情是那么美好，但反过来也让失去变得那么令人悲伤。故事中呈现了许多人性中的光辉，但也时时展现出幽暗的一面，让生活变得相当的不堪，累积到一定程度还要以激烈的方式爆发，在小说中形成高潮。比如麦克斯的父亲出现后的那一部分，放在儿童小说中可谓惊悚，这在童书创作中可以说是非常冒险的，但从结果来看相当成功。菲尔布里克大概更愿意用这样的"冒险"来向小读者展现人性中复杂的一面。

让读者看到人性的幽暗和复杂，同时对人生葆有希望。这大概也是许多大人愿意与孩子们分享这本书的重要原因之一。生活真不容易！——读完这本书，你会发现这句话对书中的每个角色可能都适用。当书中的一个人物出场时，你可能会对他或她产生第一印象，比如好人或坏人、坏脾气的人或通情达理的人，但随着故事向前发展，你渐渐了解到每个人的生存状态，并看到他们在故事中发生的变化，便可能对人性多一分理解和期待。

在麦克斯的亲友团中，姥爷是一个很精彩的角色，他最初对麦克斯的嫌恶可能更多来自对女儿的爱与对女婿的恨，但当他发现麦克斯有一颗敦厚善良的心之后，态度立刻大转变，成了麦克斯最坚定的保护者，而且时常流露出调皮、睿智的另一面。他给自己编的故事圆谎时，说："谎话是卑鄙的手段，讲故事是为了让大家乐一乐。"当麦克斯担心自己可能会成为父亲那样的人时，姥爷安慰他说："你从他那里继承的只有外貌和体格。你拥有你母亲那样善良的心，这才是最重要的。"

在"怪物骑士"的对立面中，即使那位人称"刀片仔"的托尼·D，后来也试图来安慰麦克斯。不过，"落难少女"洛蕾塔和她丈夫"平头帮"老大伊基·李可以说是最丰满的人物，他们出场时是惊悚的，简直令人厌恶至极，这似乎很难解释他俩最后为何要冒着生命危险对麦克斯施以援手。但仔细留意洛蕾塔的那些话，你会发现她与麦克斯的父母、凯文的妈妈格温其实是老相识了，他们之间可能存在着某种恩怨。当洛蕾塔感叹"他不是我记忆里的那个人，绝对不是"的时候，似乎是在为过去与当下的行为给出某种理由。所以在小说的结尾处，洛蕾塔对将麦克斯拉出情绪谷底起到了关键作用。很可能，洛蕾塔自己有过类似痛彻心扉的体验，因此，她说的话才更有说服力："什么都不做是很无聊的，孩子。好好想想。"——能把"坏人"也写得如此疗愈，菲尔布里克的冒险还是值得的吧。

　　活着就是一次冒险，写作也是，阅读又何尝不是呢？一起来冒险吧。

阿甲

写于2022年2月16日北京